夏美的螢火蟲

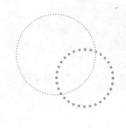

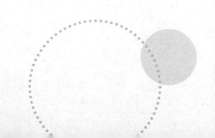

目錄

蒲公英是很好的花喔。
花沒了，還是能讓好多生命
輕飄飄地漫天飛舞。
感覺上好棒呢。

序章

榊山雲月之「光」

喀通……

工坊那座充滿濃厚歷史感的柴燒暖爐發出輕微聲響。

似乎是堆疊的柴火崩落了。

在爐前蜷曲身軀的黑貓夜叉，仍舊雙眼緊閉，只有耳朵隨之抽動一下。

這是個幽靜驟冷的深山春夜。

榊山雲月無預警地停下手邊工作，將手裡的鑿刀與平頭鎚輕輕放到原木地板。地板上散落著飄散淡淡清香的檜木屑。

「唔嗯嗯嗯。」

雲月使勁伸了個大懶腰，整個人在佈滿木屑的地板上躺平，四肢完全伸展成大字型。摻雜零星白髮的蓬亂微捲長髮，唰地披落地面。

雲月稍稍撇頭，望向木窗外。

玻璃另一頭被窗框截成四方形的夜空，灑滿皎潔月光，一片皓白。地面群樹細枝上，隨處可見新芽初發，交織成影、沙沙搖曳。

今晚似乎有風。

雲月有好一陣子就那麼躺著，仰望天花板。大字型的身軀文風不動，嘴角卻微微漾出滿足的笑意。

不久後，柴燒暖爐再次發出喀通聲響，雲月這才像是接收到什麼暗號似地起身，盤腿而坐。

他端起一旁地板上的茶杯，將大概還剩半杯的茶一飲而盡。雖是毫無香氣的便宜茶葉，但是液體滑落乾渴喉嚨的感覺很舒服。

雲月吐了口氣，窸窸窣窣地撫弄起混雜白鬚的短鬍。他撫弄短鬍，同時出神凝望眼前作品。

那是一尊木雕菩薩像。

佛像從腳底到頭頂的尺寸約末四尺（約一・二公尺）。素材據說大有來頭，是取自神社神木的檜木心材，乾燥十多年後而成的一級品，而且還是奢侈的一木雕。所謂的「一木雕」，是直接以整塊木材完整雕出佛像主體的手法，據說直到平安時代（西元794～1192年）中期左右都還很普遍。

但是在那之後，佛雕師的工作逐漸轉變成多以「拼接雕」為主，如今的雕像也多半是這種的。所謂的「拼接雕」是利用好幾塊木材，各自雕刻出不同部件，最後再組合成一尊佛像的手法。如果用這種手法，無須巨木也能雕刻巨佛像，分解後容易搬運，就算雕刻失敗也只要重新雕刻單一部件即可，製作風險也低。當然，材料費也比較低廉。

近來大環境不景氣，香油錢或檀家（註1）銳減的寺院下訂時，往往指名要這種拼接雕佛像也是理所當然。

但是，雲月就愛一木雕。而且是利用整塊木材，完整雕刻出整尊佛像。雕刻時，只要一次下手稍有不慎，就足以摧毀累積至今的作業……就是那種如履薄冰的緊張感，讓人難以抵抗。不但埋頭雕刻當下，時光以出奇速度飛逝的感覺很棒，而每回雕琢時鑿入的靈魂絕對量多寡，以及與那份量成比例變化，本身內心隨之被逐漸琢磨得更為清明的超自然感覺，細細品味起來也饒富樂趣。還有，佛像完成後所散發出的那種近乎威猛的生氣以及深遠的靜謐……

不論何者，都讓他對一木雕情有獨鍾。

如今佇立於雲月眼前的菩薩像，粗雕或細雕作業都已完成，邁入細膩的修飾階段。目前開始投入的作業，是以鉛筆仔細描繪出菩薩身穿的袈裟皺折等，再以雕工讓線條立體浮現。而堪稱「佛像生命」的開面，則是最後的樂趣。

雲月暫時立起身，從雕到一半的佛像面前再後退幾步，隨即又慢慢蹲下。他是刻意想以孩童的視線高度，重新嘗試凝望佛像。

佛像的均衡無可挑剔……只不過，這尊像並非原本的「菩薩正確樣貌」。佛像左握如意寶珠，至此都還遵照正統，但是右手卻少了原本應有的錫杖。取而代之的是短杖，看來廉價的普通短杖。

然而，那根短杖正是關鍵。正因為這尊菩薩是古今中外，唯有雲月能夠雕刻的特殊菩薩，所有才有那根短杖。

當然，要是重視傳統與正規的正經佛雕師見到這尊佛像，大概馬上就會斥為「邪魔歪道」。換做師傅竹岡鐵齋見了，或許還會一聲不吭地直接揍人了。

不過，這尊佛像這樣才好。

不對，是必須這樣。

註1 日本寺院的金援者，喪葬法事等都會委託同一寺院辦理，為寺院的重要經濟來源。不同寺院對於檀家的權利義務規定不同，有些寺院的檀家必須負擔寺院維修或改建等費用，重大節慶也可能要輪流派出人手支援。

「真沒想到，能雕到這種境界耶……」

雲月呢喃著，露出惡童般的淺笑。

「我說，夜叉呀。」他著迷地凝視美麗的佛像，同時對睡在身後的黑貓說。「慘咧，這佛像……那傢伙之前還給我說出什麼『闖出名號以後再付錢』的荒唐話來，都雕到這樣了卻要給那傢伙，實在暴殄天物啊。」

被喚作「夜叉」的黑貓，耳朵隨即朝雲月豎起。牠的雙眼與嘴巴雖然保持緊閉，卻以長尾巴前端咚咚兩聲，拍打地板給他看。

「咯咯咯，我這個人，果然是天才佛雕師啊。」

雲月彷彿在欣賞什麼絕色的女性裸體，以恍惚的雙眼眺望菩薩，然後吐露心滿意足的嘆息。

◇　◇　◇

榊山雲月出身茨城縣內小有名氣的寺院，是該寺的二少爺。寺院家業由打小便循規蹈矩的資優生大哥繼承，而不擅念書的問題學生，相對地卻手藝超群的雲月，則在高中畢業的同時就立志走上佛雕師之路。

不，與其說是「立志」，其實是在嚴格的住持父親居中牽線下，被半強迫地扔進佛雕師——竹岡鐵齋位於愛知縣的工坊。

師傅鐵齋素有「當代名佛雕師」美名，為國內屈指可數的名匠。鐵齋雕出的佛像完全就是細膩精美，洋溢慈悲氛圍。最重要的是，出自他手裡的佛像都徹底遵循佛教教義的正確姿態。

「這『佛雕師』吶，可不是只管雕出漂亮佛像就行了。我們還必須創作出擁有和本尊同樣正確姿態的佛像才行。為此，就必須具備大量佛教相關知識。懂不懂？」

受到師傅如此訓示，本來因為不擅念書才立志成為佛雕師的雲月，到頭來還是有一陣子過著與佛教相關書籍為伍的日子，吃足了苦頭。

光是憑藉著「耿直父親喜愛的佛雕師」這一點，就知道鐵齋是位嚴肅認真到讓人髮指的職人。然而，他可不是個「認真」得很負面的死腦筋。他不會說「徒弟得用雙眼偷師師父技術」等陳腔濫調，反而盡力以淺顯易懂的話語或示範，很有效率地培育雲月。只不過工作上若稍有馬虎，鐵鎚就會毫不留情揮下來。

雲月被扔到鐵齋身邊時，那裡已經有個待了三年的師兄，但是他兩年後就放棄不做了。事實上是眼見才華洋溢的雲月逐漸嶄露頭角，半被迫似地揮別工坊。

雲月從極早階段開始，就察覺到本身才華。師傅鐵齋應該也察覺到了這一點，當然口頭上從沒提過。只是每天一點一滴，以師傅的角色傳授弟子一身絕技……僅此而已。

鐵齋有句話常掛在嘴邊。那就是──

神祇寓於細節。所以，即便細微如塵也切勿做出絲毫妥協……

師傅是這麼訓誡的。

雲月將此教誨深植骨髓。

入門拜師五年後，雲月已能雕出幾乎與師傅同等級的佛像。七年後，已能清楚看出師傅佛像的缺點何在。然後就在十年後某個晚秋的日子，師徒倆分別著手雕刻顧客下訂的觀音像。兩人準備以佛像成果一較高下。

不久後，完成的兩尊觀音像被並列於工坊中，而下訂顧客則受託鑑定選擇。

「那麼，就請您選出喜歡的觀音像帶走吧。」

鐵齋說完，下訂顧客便一臉得意地開始說。

「我跟貨真價實的佛像打交道，也不是一兩天的事了，自認還分得出師傅與弟子的作品。我呢……想收下這邊這尊觀音像。」

下訂顧客果不其然將手放上雲月雕刻的觀音像。

當天夜裡，鐵齋開了長久保存的酒。然後在工坊與雲月對飲的同時，終於宣告雲月出師。

「你所雕刻的佛像美感還不足、細緻度不足，慈悲感也不足。但是，擁有完美的躍動感。這也就是說，你雕的佛是栩栩如生的。所以不論我以多精湛的雕工去雕，對上栩栩如生的佛像根本毫無勝算。你知道自己為什麼能雕出栩栩如生的佛像嗎？」

面對師傅的問題，雲月默默搖頭。

「就是這麼一回事。」師傅將杯中的酒一飲而盡，接著以彷彿望向遠方的眼神說。

「我所雕刻的佛像，說起來就像滿月。完全的明亮、美麗，呈現完美的圓。但是你雕刻的佛像，除了月亮，就連墨色的雲都雕進去了。因為月光時而被雲遮蔽，反而更能讓觀賞者對月亮萌生眷戀之情。你的作品不是只有神聖高潔，而是讓光明與黑暗並存。這與人心內部結構是一樣的。所以這點能引發觀賞者內心一波波的悸動，感覺佛像彷彿蘊含生命。」

雲月對於師傅的評價，雖然低頭說了聲「謝謝您」，但是內心卻在打哈欠。這程度的道理，用不著師傅現在說，自己老早就深深瞭解了。雲月從鐵齋雕出的佛像中所看到的缺點，正是師傅自己說的那番話。

這位名為竹岡鐵齋的師傅，是位由於人格過於正派，因此無法在作品中刻入黑暗的佛雕師。

鐵齋是一位具備德行的人物。他是一位比任何人都剛直不阿，嚴以律己、寬以待人，行得端坐得正，值得仰慕的職人，這一點毫無疑問。事實上，自己身邊應該也沒有任何人會說這位師傅哪裡不好，而雲月自己也總對這個男人懷抱敬愛之情。即便身為佛雕師的才華遜於自己，不過對於師傅的經驗、知識或人品等各方面，仍然衷心敬慕。

那樣的師傅將酒杯放到地板上，以好脾氣爺爺的眼神望著雲月。

「話說回來，你現在自立門戶，為師的必須幫你取個雅號才行。」

雲月拿著酒杯，默默頷首。

「這個嘛……光明與黑暗，既然是能把月亮與雲朵一起刻進去的佛雕師，那就叫雲月，如何？」

雲月，呀？

榊山的姓，加上雲月。

不錯。

「謝謝您。弟子謹受此雅號。」

聽到弟子坦率的話語，鐵齋瞇起雙眼「嗯嗯」地頷首。

「務必貫徹正道啊，雲月。」

「是的。」

那就是佛雕師榊山雲月誕生的瞬間。

而在那個夜裡，師徒倆數度碰杯，持續對飲直到深夜。

脫離鐵齋門下、自立門戶的雲月，後來暫且利用老家寺院倉庫，改建後開了工坊。工作委託也沒特別去拉客戶，就自動湧現。有個名鎮全國的「名匠」師傅，還有在兄長之上擔任住持的父親所擁有的名聲與人脈，自然吸引訂單湧入。

他等於是仰賴父親與師傅庇蔭。但是，仰賴庇蔭也只是起初兩年而已。雲月雕出的「栩栩如生的佛像」憑藉口耳相傳，聲名遠播也只是時間問題。

雲月沒多久就在業界闖出名號，收入也達到一定程度逐漸穩定後，便有了女人、生了孩子，順勢也就成了家。

雲月很疼妻子，也很疼孩子。不過糟糕的是，會和那些有工作往來的花和尚跑去找女人廝混。結果，逢場作戲的蠢女人還打電話到家裡來。他被接到電話的妻子深入質問了老半天，手機紀錄與訊息也被做為鐵證，最後就是一張離婚協議書被攤在眼前。

雲月的婚姻生活只持續短短三年，便劃上休止符。

他被徹底剝奪身為人父的權利，只剩支付贍養費的義務。

恢復單身的雲月是在約十年前，在現在這片森林中開設名為「雲月庵」的工坊。說是「開設」，其實就只是稍微整理原本的舊農舍，掛上一塊蠻像樣的招牌罷了。

這個地區也就是所謂深山中的窮鄉僻壤，是個做什麼都不方便的地方，相對的卻具備「房租幾乎等於免費」的一大魅力。沒必要跟那些麻煩的花和尚打照面這點也很棒，而且在濃密大自然中，只管呼吸美味空氣的生活也很吸引人。這個時代，只要有電話與網路，佛雕師這個生意不論如何都是做得成的。擁有像雲月這種好本領的人，就更不在話下了。

「雲月庵」開張後，剛迎接第五年的春天，一隻豔麗黑貓便夜夜出現在庭院中。在那之前，雲月總不自覺地與村裡的人們保持距離，獨自過著與世隔絕的生活，此時覺得沒什麼會比任性的貓兒更適合與自己為伴了。

雲月隨即為那隻黑貓取名「夜叉」，餵牠吃飯，讓牠踏入「雲月庵」大門。

所謂的「夜叉」，原本也是兇惡的印度鬼神，在佛教教義中名列毘沙門天的部屬（也就是隨從）之一。他覺得為自己這種浪蕩佛雕師所養的貓兒取這個名字，感覺也蠻瀟灑的。而貓兒也立刻記住自己的名字，後來還能在雲月盤起的雙腿間安然入睡。

◇◇◇

手持短杖的邪道菩薩的「完工前修雕」正順利進行。

雲月除了吃飯、如廁、睡眠，還有每天的散步之外，時間都花在面對這尊菩薩。不論早晨、下午或夜間，就是雕了看、看了又雕……直到遭受睡魔侵襲的極限，就短暫小寐，過一會兒睜開雙眼，又拿起鑿子與平頭鎚。

因為，他已經一個月以上都過著滿腦子只想著這尊菩薩的生活，每晚夢中甚至還會出現菩薩身影。

然後……

就在一個庭院前的山櫻花苞初綻，天氣明媚的週三午後。

雲月位於在土間（註2）的工作台面上將用慣的八支雕刻刀一字排開，從第一支開始使勁研磨。

鑿子或雕刻刀等刀具，他平常就會研磨到好像會錚錚作響的地步，但是這天的雲月又比平日更為專注。那聚精會神地手拿散發幽光的刀具，一而再、再而三在磨石子上研磨的身影，看來甚至有點像修行僧。

花了整整一小時磨完刀後，雲月帶著銳利到駭人的八支雕刻刀、淡藍色的一升瓶裝純米大吟釀，還有一張列印照片走進工坊，然後首先就用圖釘將那張照片釘到牆上。

照片一旁，佇立著已經用鉛筆描繪出面容的菩薩。

「好了……終於等到這最後的樂趣了。讓我來雕刻你的臉吧。」

雲月朝照片與菩薩輕輕合掌，從剛磨好的雕刻刀中，選中一支刀鋒曲線和緩的圓刀。

呼……

他悠長地吐口氣、集中精神，隨即沙喀一聲讓雕刻刀順著鉛筆線條滑動。

夜叉在不知不覺中挨近雲月腳邊。牠規矩端坐著，緊緊凝視雲月開始雕刻的菩薩面容。

安靜的工坊中飄盪沙喀、沙喀、沙喀……唯有鋒利刀刃才有的輕快摩擦聲響。

雲月時而凝視牆上照片，相互比較後，再次讓雕刻刀在菩薩面容上滑動。就這樣，一個勁地重複這樣的過程。

直到夜裡，作業仍然持續著。

雲月沒有進食、滴水未進，以簡直像被什麼附身似的專注力，持續移動雕刻刀。

而夜叉，也同樣緊緊挨在他身邊。

終於……

當工坊窗外轉換成飽含光線粒子的淡淡紫花地丁色彩時，耳邊傳來鳥群在遠處樹梢上的鳴叫聲。

註2 日本房屋通常分成架高的室內部分，以及一進門與地面同高稱為「土間」的區域，這塊區域等於是區隔室外與室內的過渡地帶。農村傳統房屋的土間空間較大，可做為雜務或煮炊之用。現代房屋的土間則已縮小至門口玄關的一小塊區域。

一回神，天已經亮了。

此時，雲月雙膝跪地以孩童的視線高度，仔細比對牆上的照片與菩薩面容。而且，他大概從五分鐘前就一直反覆這個動作。

喵～

貓兒的叫聲響徹工坊。

雲月低頭看向腳邊的夜叉。

擁有美麗毛色的黑貓，就坐在雲月身旁，專心仰望菩薩面容。

「你，也懂嗎……？」

雲月以嘶啞的聲音呢喃。

夜叉沒有回應，好整以暇地交疊前腳，換成趴下姿勢仰望飼主。直到方才始終存在的緊繃感，頓時從黑貓身上消逝無蹤。

「也是啦……從剛剛開始，不管再怎麼看，都找不到能再雕下去的地方呢。」

雲月眺望菩薩，同時低喃。

接著，他以跪地姿勢緩緩膝行，靠近菩薩。

一來到菩薩附近，雲月隨即伸出右手，輕輕貼上菩薩面頰。

「受不了耶……你，這不是栩栩如生的嘛？有張好棒的臉耶……」

言語雖然粗魯，卻是以發自內心的慈愛嗓音低喃後，他靜靜撫摸菩薩臉龐。

「不會錯的……你，是我的最高傑作。對吧，夜叉，你也這麼覺得吧……」

雲月說著回顧黑貓，他的臉龐——滿佈邋遢短鬍的面頰上，只見斗大淚珠噗簌、噗簌滑落。淚珠順勢滑至下巴鬍鬚尖端，隨即墜落佈滿檜木屑的地板，發出滴答、滴答的幽微聲響。

「明明是只用光明去雕的啊……黑暗都沒雕進去啊……結果還是栩栩如生的耶。」

夜叉再度「喵」地一聲，這次是將身軀蜷曲成一團，閉上雙眼。

「嘿嘿……你，睏了吧。」

雲月望向夜叉，淚眼展露笑容。

他旋即再次轉向剛完成的菩薩。

「那麼……好久沒喝了，來一杯吧。就這瓶感覺很難喝的酒囉。」

他輕聲嘟噥，抓住淡藍色的一升瓶裝純米大吟釀瓶頸。

和紙標籤上以柔和的書法筆觸，寫著「純米大吟釀　心驛動」。

曾幾何時，窗外朝陽已經轉成檸檬黃。角度偏低的新鮮光線射入工坊，將菩薩照耀得一片燦爛。就連菩薩背後牆面，都散發出朝陽的光芒，形成一輪往外擴散的聖光。

「咯咯咯……投射出背光了耶……」

雲月以恍惚的雙眼，眺望那宛若奇蹟的光芒，仰頭灌下手裡的一升瓶裝酒。喉嚨咕嚕作響。

他接著對散發光芒的菩薩呢喃。

「實在不甘心啊，不過只要是跟你喝，這種酒……也變好喝啦。」

菩薩在朝陽中閃耀的面容，彷彿正望著雲月哭泣的臉龐，同時回以平靜的微笑。

第一章

相羽慎吾之「螢」

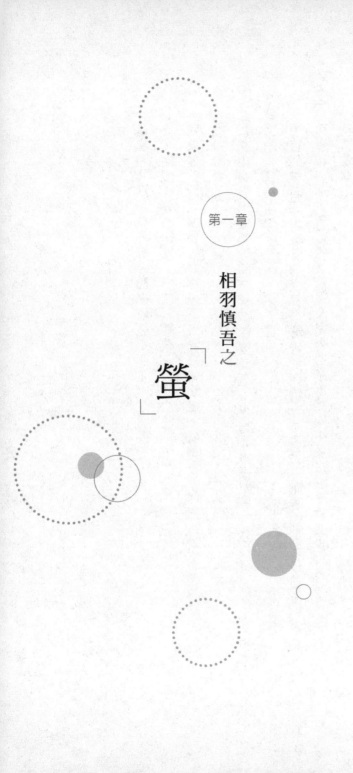

轟隆隆隆、轟轟轟、轟隆隆隆！

方才媲美子彈的速度，一口氣驟減。

我感覺整個人就要往前摔，不自覺咬緊牙根。就在下一秒，風景又突然往左傾斜。

咿呀呀呀……

我在內心發出慘叫，同時緊抓住夏美毫不牢靠的纖細腰部。然後按照她平常指示，雙膝使勁夾住她嬌小的臀部。

不自然傾斜四十五度的世界沿著彎道轉動，一邊又逐漸變成平行移動後，摩托車隨之再次緩緩加速，彎道明明都還沒完全過完，夏美卻又乾脆地催下油門。

吱瀰吱瀰……

我很清楚，正下方旋轉的後輪正因為離心力逐漸往外滑。

傾斜的風景才剛直立，夏美的愛車——鮮紅色本田「CBX400F」幾乎像雲霄飛車，旋即轟一聲在林間道路加速。那流暢的加速，讓人完全感覺不出這是台八〇年代流行的復古摩托車。不對，根本就是流暢過頭了。鮮綠色的風景隨之猶如開玩笑似地咻一聲飛向身後。

房總半島（註3）的山路，比想像中還要九彎十八拐。所以一入山，我就後悔地心想：「大失策。我才二十二歲，搞不好會死在這裡啊……」；但是大我一歲的女友——也就是速度狂——夏美，簡直就是「如魚得水」，在全罩式安全帽中肯定是「嗚呼呼」地浮現喜悅笑容。

夏美騎的車還是一樣那麼狂暴而且天才，讓人一路心驚膽戰，但是這天的天氣是徹頭徹尾地一派祥和。不但天空晴朗明亮，季節也正好是像春天又像初夏的恰到好處，就算騎摩托車不覺得熱、也不覺得冷。而且，每一口空氣都是如此清新甘甜，群山妝點著閃亮亮的新綠，風和日麗，真的好舒服。

所以，如果能幫忙稍微騎慢一點的話呢……

我以指尖敲敲前面的安全帽。

夏美稍稍減速，掀開安全帽的面罩轉向後方。

註3 位於日本關東地區東南部，面向太平洋的半島，大部分範圍為千葉縣。

「怎樣？」

我也掀開面罩，發出不遜於風聲的宏亮音量。

「可不可以，稍微騎慢一點？」

「不可以。」

火速回答。

「為什麼啊？像這樣騎這麼快，根本沒辦法找好的攝影點嘛。」

「再忍耐一下子就好。」

眼前又一個彎道逼近。摩托車車體猛然傾斜，不過這次不再是荒唐的速度。

「為什麼要再一下子啊？」

「……所。」

「啊？」

「我想去廁所啦！」

夏美言盡於此，放下安全帽面罩便轉頭向前。

接著，就在下一個瞬間……

轟隆隆隆隆！

油門再次催到底。

我忙不迭地死命抓住夏美纖細的腰部。這四捨五入只有二十歲的青春生命必須寄託的腰部，未免也太不牢靠了。

◇　◇　◇

夏美是在十五分鐘後，把摩托車停下來的。

在一個彷彿被遺忘在深山，孤伶伶的寂寥小村莊中，一家老舊的小店門口。

一旦確定引擎熄火，我率先從後座下車。脫下安全帽時，從極限驚悚解放的安心感，讓我「哈」地一聲不自覺發出窩囊嘆息。然後當我吸進吐出的氣息時，還直接做起了深呼吸。因為，混雜森林與泥土氣息的空氣，實在太美味了。

夏美也翩然下車。只見她靈巧運用自己纖細的身體，架起沉甸甸的本田「CBX400F」主腳架。她脫下安全帽，左右輕輕甩頭，及肩的栗子色長髮隨之輕盈飛舞。「慎吾，安全帽幫我拿一下。」她說著將安全帽塞給我，一邊脫下皮手套，同時跑進那間看來像雜貨店的小店。她想借廁所。

雙手拿著兩頂安全帽，被獨自扔在原地的我，不自覺打量起夏美身影消失其中的那家小店。

那是一家洋溢著昭和芬芳，擁有懷舊建築風格的小店。

木造平房的住宅正面部分被規劃出小小的店鋪，有台冰淇淋用的老舊冷凍庫突出店頭。那台冷凍庫前，隨意放了張沒有靠背的木製台面，那一定是用來當長椅的吧。

住宅部分的窗戶，是這時代很罕見的木窗框，就連防雨窗也都是木製的。藍色鐵皮屋頂整體看來歪歪的，隨處可見鏽蝕。不論是小店前的郵筒又或掛在屋簷下，早已過季的生鏽風鈴，看來都好有時代感。

仔細一看，那風鈴的形狀有些特別。不是一般的吊鐘形，而是邊緣有五個弧度，恰巧像是一朵倒吊的桔梗，形狀很不可思議。

我的視線稍微往上移，看到掛在店門口上方的招牌。一塊鐵皮寫著「竹屋」。白底的黑色書法同樣讓人感覺著實寒酸，不僅早已褪色，角落油漆也已斑駁生鏽。

小店背後聳立著有片茂密竹林的山。那一定是「竹屋」這個店名的由來吧。又說不定，這一家的屋號（註4）就叫「竹屋」，直接被拿來當店名使用而已。

當我茫然眺望著足以引發鄉愁的「竹屋」時，輕柔和風吹過，溫柔輕撫我的脖子。

那陣風眼看著從「竹屋」後方的竹林山坡飛奔而上，讓整座山沙哇、沙哇地直打顫。幾千萬枝搖晃的竹葉，發出悅耳的葉片摩擦聲響，緊接著換同樣的聲響從竹林緩緩滑降到我這邊來。

凜……屋簷下的生鏽風鈴響起。

風一停，那聲音又瞬間咻地從這個世界消失。

就在那短暫剎那，我萌生「時間停止」的錯覺。

這是一個多麼寧靜的地方啊。

那滿滿的寂靜讓我內心為之悸動，開始覺得好像才剛「目睹」一場風與竹林的對話，心情上總覺得有些奇幻。而那種感覺，也讓我想起這趟騎車兜風的原本目的。

我將雙手拿著的安全帽，放到店前的木頭長椅。然後從原本背在身後的背包，取出Canon的單眼相機。雖然是舊型的，但平常都保養得很好。

我取下鏡頭蓋，開啟電源。

註4 日本根據一家特徵為房子取的稱號。日本自江戶時期開始允許平民百姓擁有姓氏，隨著人口增加相同姓氏的人家越來越多，人們開始利用家號區別辨識每戶人家。

然後窺視取景窗，慢條斯理地調整相機。

變焦鏡頭設定成24mm的廣角端。

隨即直接上下左右移動鏡頭，根據本身感性捕捉準確符合的構圖。

畫面前方是……夏美的紅色「CBX400F」以及兩頂安全帽，其後是洋溢鄉愁的建築物「竹屋」。更後面簇立著一叢翠綠竹林，竹林上方是朗朗青空。青空中漂浮著三朵軟綿綿的綿雲。

這幅奇幻的畫不僅美麗，也饒負深意。只是總覺得，稍嫌不足。

我將鏡頭稍稍往右移動，試著讓構圖右側納入老舊的郵筒。

構圖就在那一剎那決定。

喀擦！我在內心說。

彷彿一幅喚醒了塵封於某人遙遠記憶中的「故鄉」，安詳平靜、引人懷念，而且兼具均衡的好畫。

我感受到那股篤定，同時按下快門。我變更曝光值，再次按下快門。當我確認機背液晶螢幕時，不禁低喃：「好耶。」

拍完後，我將關閉電源的相機直接掛在脖子上。

反正人都到了，我也來借個廁所好了，於是我喀啦、喀啦地拉開玻璃拉門，走進店內瞧瞧。

店內燈光幽暗，可以稍微聞到灰塵的味道，地面是裸露的混凝土。

老舊的商品架上，雜亂無章地陳列著各種物品。正覺得也有長靴啊，緊接著又發現甜土司，旁邊是免洗筷，還有蟑螂屋。才心想連古早味零食、昆布或罐頭的陳列架都有啊，又看到廁所阻塞時嘶咚、嘶咚通馬桶用的吸把，另外也陳列著團扇、工作手套、噴壺或奠儀袋等日用品。

換言之，就是村裡的雜貨店吧。

小店最內側，有一台也不知道有沒有在用、年代久遠的收銀機，機器後方就是架高室內的段差。收銀機後方空間是連接著店鋪與住家的起居室啊。望向段差那裡，夏美的靴子好端端地就放在前方。

收銀機沒人看管，雖然粗心大意，不過鄉下地方就是這麼一回事。我在長野經營自產自銷釀酒廠的老家店鋪也一樣，收銀機總是無人看管。等客人叫了，店員才邊說著「是、是、是」，一邊探出頭來也是家常便飯。

我繞到收銀機後方，從那裡探頭窺探起居室內部。

緊接著，整個人為之凍結。

因為，我正面與一位黑白髮色交錯的芝麻鹽巴頭老伯四目相接。老伯坐在一張圓形矮桌旁，手持茶杯沉默望向我。

「啊，抱……抱歉，擅自打擾。我是突然……那個……」

我一臉狼狽，頓時語塞。

但是，老伯卻一派悠閒地啜飲熱茶，對我展露非常親切的笑容。

「你的同伴去上廁所了喔。是奶奶帶她去的。」

「啊，是。謝謝您。」

我正猶豫著該說出自己也想借廁所，還是該到外面隨地解決時，風鈴凜、凜響起。

「你身上掛的相機還真大台呀。」

「啊，這個嗎……」

「嗯。那種是真的可以拍得很漂亮吧？」

老伯以明朗語調與我攀談。

「嗯，現在的相機性能都很好。」

「果然沒錯啊。那麼你都拍什麼照片呢？」

「有各種題材……不過風景比較多。」

「像山啊、海啊，那種的嗎？」

由於對話被帶入本身擅長的領域，再加上這位老伯整個人散發出的莫名溫暖與親切，讓我的情緒慢慢舒緩，吐出自己也感到意外的話語。

「不介意的話，要不要看一下呢？從這邊的機背液晶螢幕看得到喔。」

「可以嗎？」老伯原本瞇著的雙眼瞇得更細了。他的眼角刻著深深的笑紋。「家裡窄，不介意的話，請上來吧。」

「那……唔，打擾了。」我說著跨上榻榻米起居室。我這還是頭一次初次見面就直接登堂入室。雖然有些緊張，我還是在老伯身邊就座，然後開啟機背液晶螢幕，顯示出作品。

最先顯示的，正是才剛拍下的「竹屋」以及夏美的摩托車。

「啊，不好意思。剛剛沒先問，就擅自拍下您的店。」

我有些誠惶誠恐地這麼一說，老伯隨即以玩笑話回應：「哪的事，根本就無所謂啦。但是，我們這棟破房子拍起來感覺可真好呢。」

之後，我回頭一張張顯示過去作品給老伯看。老伯每張照片都出聲感佩、隨之嘆息，時而望著我的臉讚美：「你這人，可真厲害啊。」老伯雖是個攝影門外漢，但像這樣被人誇獎，心情也不可能會差。我接二連三秀出作品。

當看到南房總千倉海岸的波濤相片時，廊下也傳來夏美愉快的笑聲。

「嗯？好像回來囉。」

老伯剛這麼一說，夏美便與一位身形非常嬌小的老太太，幾乎同時出現在起居室。那是一位與其叫「老太太」，更想叫「奶奶」的可愛老人家。從外表看來，年齡好像比老伯大一截。這兩位說不定是母子。

「咦？慎吾，你在幹嘛？」

夏美一見到我，杏眼圓睜，臉上笑意猶存。

「這人在給我看他拍的照片呢。」

回答的是老伯。

「這可真了不得呀，這麼說來，你是那個囉？專業的，拍照的人？」

這次換嬌小的奶奶說話，而答話的，不知道為什麼是夏美。

「不是啦。還在學習階段，是未來的攝影師。現在雖然還是大學生，但是還蠻拿手的吧？」

「嗯，很拿手呢。這可真是了不起。」

老伯回答。

「喔～哪裡、哪裡？可以也讓我看看嗎？」

「可以吧，慎吾。」

對話進行到這裡，我才終於有機會開口。

「當然。」我向夏美點頭，然後對奶奶說：「不過在那之前，可以也讓我借用一下廁所嗎？」

「啊，這樣的話，夏美方不方便幫我帶他過去廁所呢？」

「是～」

名字已經被奶奶記住的夏美，以簡直像造訪自己鄉下老家的輕鬆聲音回答。她說：「這邊喔。」一臉熟門熟路地邁出走廊。

我小時候嚴格說起來，始終偏向消極內向。對於這樣的我而言，常會打從心底羨慕夏美這種天真無邪、活潑開朗，容易與人打成一片的個性。是每天要與幼兒玩樂的幼稚園教師工作，讓夏美擁有這麼一顆開放的心嗎？

「好了，這邊喔。」

彎過走廊轉角，盡頭有間廁所。

「3Q。」

「那我去跟奶奶他們看照片囉。」

夏美一轉身，又走回走廊。

我後來就用蹲式廁所前方的男用小便斗，也就是俗稱的「牽牛花」小解。

從廁所回來後，只見三人以夏美為中心，正和樂融融地喝茶，一邊觀賞我的照片。

「那個，廁所，謝謝。」

三人同時抬頭看著我。我輕輕點個頭。

「那有什麼呢。你也過來坐呀。」

奶奶說著，幫我倒了杯熱焙茶。

我將茶杯捧在手中時，心情也不禁變得暖呼呼。茶莖是立起來的。我是個總喝瓶裝茶的獨居大三生，上次看到茶莖是幾年前的事啦……我思考著這些事，一邊啜飲滋味引人懷念的焙茶。

之後有一陣子，四個人就看著我的照片，一邊談天說地、隨便閒聊，詢問關於彼此的事。

結果正如我所料，奶奶與老伯是有血緣關係的母子，兩人靜靜地生活在這深山中。

老伯的名字是福井惠三，現年六十二歲。

奶奶叫做福井安惠，現年八十四歲。

從頭到尾大致把照片看完後，老伯看著我說。

「唉呀，真是讓我們看了好東西呢。你啊，像這樣拍了照，有沒有去參加什麼比賽啊？」

「唔，有。業餘的，就是了……」我回答了，卻答得含糊不清。「接下來，打算一邊尋找明年度的畢業專題製作主題，一邊先拍出各種作品存下來。」

那所謂的尋找主題，就是今天騎車兜風的主旨。

「慎吾他呢，讀的是國際藝術大學的攝影學系喔。你們知道這所大學嗎？」

這是一所在社會上算小有名氣的大學，但是老伯與奶奶卻面面相覷，有些不好意思地搖搖頭。

夏美也毫不喪氣，繼續說：「也是啦。但是呢，只要在那個攝影學系的畢業專題製作奪得『首席』，就會被視為大有前途喔。所以他才會從現在就這麼努力，到處拍攝好作品。聽說是這樣啦。畢竟，努力的人不是我嘛。」

夏美說到這裡，自己咯咯發笑。

老伯與奶奶原本始終用在看孫子般的眼神望著夏美，不過那樣的眼神立刻又轉朝我望來。

「那麼，慎吾以後果然會變成攝影大師囉。」

芝麻鹽巴頭老伯彷彿眺望著遙遠的將來，很開心地這麼說。而嬌小的奶奶也以像在看不知打哪兒來的大師的視線，仰望我。

「沒……沒有啦，又還不一定能成為大師級的攝影家……」

豈止如此……

說實話，我連自己能否靠專業攝影師維持生計都要打上一個問號了。不對，想這個都還言之過早，在同學們紛紛報名各種比賽，陸續得獎的情況下，眼前還橫亙著一個讓人鬱悶的現實，那就是「現在只剩我還沒獲得任何獎項」。換言之，就算是與業餘大學生相比，我都落後人家了，日後能否冠上「專業」名號都得打上一個問號。結果，這位老伯與奶奶卻已經是以一副在看偉人般的視線望著我。

我突然害臊了起來，端起空茶杯就口。

夏美看到我這樣，說著：「又～來了，害羞囉。」以食指戳我的太陽穴。老伯與奶奶見狀笑了出來，而我也被牽引著發出嘿嘿嘿的乾笑。

凜、凜……

掛在屋簷下的風鈴，演奏著透明感十足的音樂。

幾乎就在同時，麥芽糖色柱子上的古董鐘擺掛鐘咚、咚、咚地響了三聲。

四人一齊仰望柱子上的時鐘。

「欸，已經三點囉。慎吾，是不是差不多該走啦。」

「對耶。」

「要走了嗎？」老伯說。

「嗯，攝影點幾乎都還沒開始找。」

夏美一邊起身說。我也跟著起身。

「慎吾，像河川之類的，不照嗎？」

「照啊。只要是漂亮的風景，什麼都照。」

「我說下個月啊，附近那條河，可以看到很多螢火蟲飛舞喔。那也很漂亮呢。」

螢火蟲啊……真不錯。

正當我有此念頭時，夏美就說：「哇，螢火蟲，好棒！」做出右手摀嘴的姿勢。

「慎吾，我們下個月也過來吧。」

我點頭，對她豎起大拇指。

「如果真要來，要下個月的中旬之後比較好喔。正好是梅雨季，可以好好抓準放晴的時機過去。」

老伯坐著，仰望著我說。

「好，就這麼辦。」

「那麼，奶奶，就這麼訂囉，下個月還會再來喔。螢火蟲呢，我還是第一次看耶。實在好期待。」

「我也好期待喔。」奶奶說著，也隨之嘿咻一聲起身。看來是要送我們出去。

老伯坐著說：「那麼，路上小心喔。」同時展露那種平易近人的笑容。

三人留下老伯，走出店外。

「真對不住呀。好不容易來一趟，卻什麼都沒能招待呀。」

奶奶的眉頭皺成八字型這麼說。

「哪會啊，奶奶。多虧您願意借廁所，還請我們喝茶，真的很謝謝。」

夏美邊說著邊擁抱奶奶。嬌小的奶奶，整張臉埋在夏美的胸口，「啊呀！」一聲笑了出來。

「也請幫我們向老伯道謝。」

我一說完，奶奶就對我展露佈滿皺紋的笑容。接著，她笑意未減地望向小店內側這麼說。

「那孩子呀，身體一直都不好，所以沒辦法出來送你們。不過今天碰到你們，感覺很開心呀。你們真的要再過來喔。」

「嗯，我們會再來的。在那之前，你們都要健健康康的喔。」

緊接著風鈴響起，我們彷彿接收到什麼暗號似的，隨之與奶奶告別。

夏美以緩慢的速度騎著摩托車。

我在後座回頭揮手。

直到拐過第一個彎看不見身影為止，奶奶始終佇立於「竹屋」前，目送我們離去。

◇　◇　◇

時節邁入六月，氣象廳正式宣告梅雨季來臨後，東京地區也幾乎沒有降雨。然而，就在我與夏美決定要一起造訪「竹屋」賞螢火蟲的那個週末，梅雨鋒面卻開始卯足全力，週六、日兩天的天氣預報全是大雨。

不論我們再怎麼努力掙扎也難敵天候變化，所以決定這個週末乖乖待在自己家，期待下個週末能成行。我是整理至今拍下來的照片檔案，而夏美則是準備幼稚園的七夕祭（註5），兩人各自度過了那個六、日。

隔週週末，如同我們衷心鎖定一般，是個晴空萬里的好日子。

正午準時騎摩托車到我公寓來接我的夏美，開口第一句話，就是指著天空說：「都因為我平日有在行善積德。」

這話是在怪我必須為上週的雨天負責嗎？

大概是因為昨晚的電視氣象預報說「陰天常有雨」，通往房總半島的道路不怎麼塞。夏美享受著好久沒能騎的「CBX400F」觸感，穿梭於車輛之間，咻咻咻地逐一超越前方車輛。

我們半途暫停休息站吃午餐，也去了以紫陽花著名的寺院拍照，不過總算趕在黃昏前抵達「竹屋」。

夏美與一個月前一樣，將摩托車停在店門前。結果似乎是聽到排氣管聲響，有兩個小學生從店內跑出來。

較年長的，是個理平頭的小男生。他一對濃濃的粗眉以及窄窄的額頭讓人印象深刻，外表散發出一副調皮孩子的氛圍。較年幼的，是個妹妹頭女孩。她是個擁有胖嘟嘟的紅潤面頰，圓滾滾的雙眼皮大眼的可愛女孩。他們兩人都穿著皺巴巴的成套運動服，腳上踩著橡膠長靴。

我從後座下車，一脫下安全帽，平頭小男生就張著一對閃耀的黑色眸子說。

「喂，為什麼是女生騎啊？」

「欸……？」

正當我猶豫該如何回答這個突如其來的問題時，女孩也模仿那個問題說。

註5 日本源自中國牛郎織女傳說的民俗活動，人們習慣在七月七日這天將寫有心願的長紙條綁在竹枝上，祈求心想事成。

「喂，為什麼是女生騎啊？」

女孩露齒一笑。臉感覺好像松鼠。

「喂，小瞳，不要學妳哥啦。」

「啊哈哈哈，小瞳不要學妳哥啦。」

又學了。

「什麼嘛。」

「什麼嘛。啊哈哈哈。」

孩子們以好奇的眼神看著我們，逕自互相嬉鬧。

「喂～你們兩個，你好呢？」

脫下安全帽的夏美，從我背後發出有夠開朗的聲音。實在是很討孩子歡心的聲音……不愧是幼稚園老師。

「你好……」回答的是被稱為小瞳的小女生。哥哥或許有些害羞吧，嘿嘿乾笑兩聲，想要蒙混過關。

「你們兩個幾年級啊？」夏美問。

「我跟妳說喔，小瞳呢，一年級喔。然後哥哥是四年級。」

小瞳像隻迫不及待想與飼主開始玩耍的小狗狗，微幅蹦跳著回答。

「你們家在這附近嗎？」

「就是那邊的酒鋪！」

這次換哥哥回答，同時指向身後。

我與夏美看著他手指方向時，小店那邊傳來暌違已久的溫暖聲音。

「瞧瞧、瞧瞧，這是誰來啦。」是奶奶從店內傳出的聲音。「我說拓也、小瞳，有沒有乖乖跟哥哥他們打招呼呀。」

「小瞳有打招呼，哥哥沒有喔。啊，今天早上也是啊，哥哥都沒有乖乖說『早安』喔。」

小瞳的話很逗趣，讓大人們聞言咯咯發笑。

名叫拓也的小男生尷尬地吐出一句：「囉唆啦妳。」將原本咬在嘴裡的口香糖呼地吹出泡泡。就在那顆泡泡越吹越大，波一聲迸裂的當下，小男生的鼻子也被黏答答的口香糖覆蓋，眾人這次同時大笑出聲。

傍晚大概過六點半，我們拿著手電筒，走出店外去看螢火蟲。所謂的「我們」，是我與夏美，還有奶奶與老伯，總共四個人。拓也與小瞳約三十分鐘前，就說著：「我們先去河邊玩。」隨即從店裡跑了出去。那兩個孩子是家住附近的親戚孩子，也就是奶奶去世的夭弟孫兒。

這一天，我與夏美首度看到老伯起身的身影。而且，就在我們看到那幕的當下，兩人都為之語塞。

老伯右手拄著手杖，以左右不對稱的危險走法，步履蹣跚地前進。

一問之下，才知道他在數十年前由於腦部與脊椎受重傷，從此之後左半身就無法隨心所欲地活動。所幸歷經大手術，努力復健一陣子後，才終於能稍微走動，但是始終無法達到完全痊癒。

知道有個地方能看到很多螢火蟲飛舞的人，是老伯。所以，我們都跟在老伯身後。

當老伯拄著手杖行走時，身為母親的奶奶就會以熟練的感覺彷彿從下方支撐一般，輕輕握住老伯不靈活的左手，而且緊緊挨著他同行。兩個人就這麼慢條斯理、慢條斯理地半步、半步前進，中途也常停下來休息。我與夏美則不發一語地跟在後面。

不久後，夕陽一點一滴、一點一滴……沉入前方山邊，當天空染上完美的鳳梨色澤，年老母子牽手步行的嬌小背部隨即化為淡淡剪影，在田中的鄉間道路投射出長長的影子。

我拿好Canon，拍下他們的背影。

一收起相機，夏美就低聲說：「來，我們也一起。」

「咦？」

「手……」

她浮現有些寂寥的笑容，輕輕握住我的右手。

「怎麼了？」

我比平常更溫柔地回握那柔軟的手。

「沒什麼，說不上來……」

我們茫然眺望走在前面的年老母子的背影，在夕陽餘暉中慢條斯理、慢條斯理地半步、半步前進。

「看吶，就是那裡喔。」

老伯是在我們出發後約二十分鐘這麼說的。那是段以我們的腳程，花不到三分鐘的距離。

往道路前方望去，拓也與小瞳正在石頭砌成的小橋上叫道：「喂～」一邊揮手。夏美放開我的手，揮動雙手回叫：「喂～」

「是從那座橋上看螢火蟲嗎？」

我問走在前面的老伯。

「那也可以，或是從橋的兩端下到河灘，就可以近距離觀賞螢火蟲，很漂亮喔。」

「哇，好期待喔。心跳好像都開始噗通噗通地加速了呢。」

夏美發出雀躍的聲音。

就在此時，老伯突然駐足指著路旁，望向夏美。

「我說夏美呀，那邊的白花，可以從莖部幫我摘一支過來嗎？」

那是花瓣長約五公分的吊鐘形花朵。一支花莖開了五朵花，每朵花都散發柔媚風情，含羞低頭。

「這個花嗎？」

「嗯，是啊。這花叫做『螢袋』（註6）喔。」

夏美從花莖根部折斷，將花拿在手上。

「這是要做什麼用的呢？」我插嘴。

老伯聞言說：「還不能說。就當是待會兒的樂趣吧。」同時咧嘴一笑。

孩子們再次從橋上大幅揮手。

「地藏先～生。」拓也叫道。

「安奶～奶。」小瞳也叫道。

「喔～」老伯回以笑容。奶奶則在胸前揮手，回應他們。

村裡的人都叫老伯「地藏先生」。據說是因為「竹屋」前設有一天只有兩班的公車站，老伯每天早上站在那裡以笑容目送通學孩子搭公車的身影，簡直像是一尊地藏菩薩，所以才有這個綽號。聽人這麼一說，看他的小平頭，還有常掛在臉上的那種平易近人的笑容，莫名地還真有地藏菩薩的感覺。

手裡拿著螢袋的夏美說。

「那個，我們也叫地藏先生、安奶奶，可以嗎？」

奶奶聞言「呼、呼、呼」笑說：「那樣聽著也習慣，感覺很輕鬆很好，對吧。」老

註6 此為日文漢字名，而日文漢字「螢」意為螢火蟲。中文名為「紫斑風鈴草」。

伯也愉快地笑著，答案不言自明。

石橋比想像中矮小。

從扶手探出上半身，俯視近在眼前寬度約五公尺、流動的澄澈河流，可以看到在水中悠然游動的無數魚兒背部。

但是我與夏美看到了不是魚兒的東西，一齊「啊」地一聲。

河岸左右被鬱蔥群樹包夾，河道原本就已經非常昏暗，此時只見無數綠色的光芒輕盈漂浮其上。

至少有一百隻螢火蟲漫天飛舞。

「好棒。好美……第一次看到這種景色。」

夏美倒抽一口氣，俯視那神祕的光景。

我也一樣。面對那彷彿輕呼口氣就會瞬間消失的細膩、夢幻之美，我不由得茫然出神。

「慎吾，快呀，得拍照囉。」

地藏先生這句話，終於讓我回神。

我從背包取出Canon，立即設定1600的高感光度。當我窺視取景窗，那非日常感的閃爍綠光讓我發出嘆息。之後，我持續忘我地猛按快門。

孩子們立刻走下河灘。拓也拿著捕蟲網，另一隻手牽著小瞳，一邊發出嘩啦、嘩啦聲響，慢慢走進淺淺的河流。那畫面也非常動人，我持續不斷按下快門。

「慎吾跟夏美也下到河灘去吧。輕輕的，像這樣雙手好像包起來一樣抓到螢火蟲以後，再放進螢袋裡看看。很漂亮喔。」

地藏先生動著不靈活的左手，示範抓螢火蟲的動作。

「好，我們去試試。」

我們從橋頭旁的陡坡，一邊注意避免滑落地往下走。

一站到河灘上，又是截然不同的另一個世界。

我與夏美在一片幽暗中，被閃爍的綠光三百六十度包圍。清涼的河岸微風、怡人的潺潺流水聲，森林與河水清甜的氣息。

還有，舉目望去就是螢火蟲、螢火蟲、螢火蟲。

「好棒喔……」

「真不敢相信。像夢一樣。」

我輕輕抓住眼前輕盈飛舞的螢火蟲。包覆雙手的指縫間，滲出綠色的柔和光芒。我稍稍張開包覆的雙手，仔細看看螢火蟲，那是體長約一點五公分的源氏螢，是種只能存活在清流之中，如今已經非常珍貴的螢火蟲。

「夏美，放進螢袋看看。」

「嗯。」

我輕輕將螢火蟲放進夏美手中那朵螢袋的筒狀花瓣中。

就在下個瞬間，我們沉迷於眼前所見，發出深深的嘆息。

螢火蟲在花瓣中一發光，綠色光芒透過白色花瓣，讓花瓣看來同樣猶如散發著朦朧夢幻的光芒。

「感覺好像是妖精用的照明器具喔……」

夏美道出的形容，非常吻合最愛繪本的幼稚園教師本色，但是那一點兒都不誇張。

「夏美，妳把螢袋舉到臉的前面，不要動。」

「嗯。」

我擺好相機，拍下散發淡綠色光芒的螢袋，還有入迷凝視螢袋的夏美側臉。

就在我確認液晶螢幕的照片時，對自己發出了苦笑：「唉呀呀……」

我真的是無可救藥地迷戀著夏美啊。

◇ ◇ ◇

七月過了中旬……

梅雨季剛過的同時，我們再訪「竹屋」。

這次不是去玩也不是照相，是要去掃除加整修。這趟需要水桶、吸塵器、抹布、除霉清潔劑、窗戶清潔用具、木工工具，兩人份的棉被等各式各樣行李，所以我是開自己那台輕型老爺車──鈴木的迷你休旅「Wagon R」，載著一堆塞得密不透風的行李，以安全駕駛的悠閒速度來到「竹屋」。

其實，我們那次看完螢火蟲回到「竹屋」後，仍沉浸於感動餘韻中的我，將突然萌生的念頭說了出來：「我看，就把這個村子與大自然作為畢業製作主題，來拍照好了。」一地藏先生聞言展露微笑。「這樣的話，我們家的別屋可以借你們，想住多久就住多久，盡情去拍照吧。」一他隨即說出這番意想不到的話來。

拍出美麗風景照的最基本條件……就是攝影師能「正好在場」，掌握那瞬間的按快門時機。攝影師若能住進攝影點的正中心位置，憑藉「經過」拍下那種時機的機率之高，是其他攝影師難以匹敵的。

「真的可以嗎？」

我輪流望向地藏先生與安奶奶的臉龐。

安奶奶笑說：「那麼窄的地方，如果不介意的話，儘管用吧。」接著又繼續說：「可是那裡現在髒得不得了，要是不打掃一下，實在沒法住人呀。」

「沒關係啦。慎吾，我們來打掃吧。」

夏美漆黑的雙眸像孩子般閃爍光芒。

「嗯，是啊。一起來打掃吧。」

就這樣，事情的演變讓人怦然心跳——我與夏美整個暑假都要住在「竹屋」的別屋了。

只是實際到別屋一看，正因為數十年被視同倉庫無人聞問，兩間大概四蓆半的榻榻米房間中佈滿灰塵，角落甚至都結了蛛網。不但窗戶歪掉很難開關，紗窗也到處破洞，放著不管恐怕會讓蚊子自由飛入。最根本的問題還是玄關拉門的軌道都壞了，光是想要進入別屋都得費一番功夫了。

光是大致環視四周，發現其他要修繕之處同樣堆積如山，以現狀而言要是不徹底打掃一遍，實在沒辦法住人。

於是，我與夏美打算耗費這整整兩天的時間，一口氣將別屋整理乾淨。

掃除才剛開始不久，拓也與小瞳也跑來幫忙。起初原本以為他們大概發揮不了什麼作用，但是多虧夏美充分發揮幼稚園教師特有的指導能力，孩子們出乎意料之外地大顯身手。

只要遞出使勁擰乾的抹布，兩人隨即連角落都不放過地擦拭榻榻米，當我站在椅子上換燈泡時，他們也會幫忙從底下遞燈泡。此外，兩人還勤奮地頻頻更換水桶裡的水，自動自發地在緣廊灑水，用刷子把那裡刷得光潔亮麗，面對孩子這樣的能力甚至讓人心生感動。

從一早開始打掃，到了大概中午已經是滿身大汗，連襯衫都整片貼到了背上。但是汗水流得越多，別屋就變得越乾淨，心情一方面也益發清爽。

午餐是安奶奶幫我們捏的飯糰，還有充分冰鎮的麥茶。飯糰餡料是鹹甜入味的焦糖蜂斗菜，還有很鹹的酸梅乾。那全是安奶奶親手做的，在身體疲憊的情況下享用，更深深覺得美味無比。

午休結束後，我們隨即投入下午的工作。

基本上夏美負責清掃，我則盡全力整修。我的雙手靈巧，當初甚至想過大學念不成攝影，改走工藝之路也不錯。所以我靈活運用刨子、鑿刀又或鐵鎚，將購自DIY家居賣場的各品項，緊密嵌入殘破的屋裡。

到了下午三點，換聽到風聲的拓也與小瞳父母，帶著切成三角形的大量西瓜現身。

父親是三十四歲的康晴先生，他是個很沉靜的人。曬得黝黑的臉龐始終掛著笑容，但是幾乎沒開口，非常沉默寡言。聽說他在這個生於斯、長於斯的村裡，耕作平原邊緣至山間區域的小片水田與旱田，同時在「竹屋」附近經營酒鋪。

太太名叫美香，看來正好三十左右。人如其名，是位似乎會散發香氣的美女，整個人散發一股難以言喻的成熟韻味。明明脂粉未施，頭髮往後隨便紮成馬尾，垂落的幾撮髮絲卻是女人味十足。這人如果化個妝，好好打扮一下，感覺應該也有不輸女明星的姿色吧……她那深邃的五官，甚至會讓人不禁如此想像。美香太太農忙期會去幫忙田裡的工作，不過大部分時間好像都忙著管理酒鋪還有養兒育女。

我將圓管桌腳的舊桌子，搬到「竹屋」窄如貓咪前額的後院，再將人家送來的西瓜在桌上排好。

我接著拜託拓也去把地藏先生與安奶奶一起叫來，八個人一起和樂融融地承受蚊子叮咬，一邊解決那甜美多汁的夏季美食。

夜晚降臨之際，這裡總算逐漸變成一處好像能讓人棲身的房舍。

流了整天汗，我們在地藏先生介紹下，來到約五分鐘車程之外，一間很有鄉下味道的溫泉旅館「月夜見莊」。我充分伸展雙腳，浸在露天岩石浴池中。

我從溫泉中仰望夜空。

森林群樹的剪影之上，懸浮著一顆奶油色的半月，整個夜空佈滿難以計數的閃耀星斗。那是一片感覺上要是沒有溫泉熱氣模糊視線，甚至連銀河的潺潺聲響都似乎清楚可聞的星空。

露天浴池中沒有其他泡湯來客，根本就是包場狀態。我試著對板牆另一邊的女湯出聲。

「夏美，妳在嗎？」

「在呀～」

「總覺得棒透了呢，這裡的浴池。」

「舒服到不行耶。月亮也好美。」

她以心滿意足的聲音回答。

我也仰望明月說。

「每天都能泡這裡的浴池，會不會太幸福啦？」

「對啊～說真的，多虧地藏先生的人望。老闆娘的個性也好好喔。」

這家溫泉旅館的老闆娘是地藏先生的小學同學，我們抵達時還特意出來迎接。她開朗地說：「既然是地藏先生介紹來的，只能便宜算啦。你們住在竹屋期間，一次一百圓就好。」一說著誇張地對我們頻送秋波。

「我覺得啊，竹屋附近的人好像都是些好人耶。」

我打從心底感到「這話說得沒錯」，一邊閉起雙眼。眼前浮現地藏先生與安奶奶的笑容。

一陣風吹過森林，群樹隨之發出沙沙聲響。

「呼……」

我的身心都感到好滿足，深深嘆了口氣。

此時的我壓根都沒料到，到了隔天竟然會倒楣遇見一個既無法讓人放鬆，也完全不溫暖的人。

◇　◇　◇

隔天，我們同樣從一大早就投入清掃與整修的工作。

中午過後，我與夏美開了三十分鐘的車下山，到沿海市區。買齊了垃圾袋、木螺絲、油漆、磨石粉、蚊香、紗窗網等不足的用具材料後，又回到「竹屋」。

「好了，再接再勵吧。」

「喔～一起加油！」

我們彼此加油打氣後正想進入別屋時……突然發現玄關附近的雜草都被拔乾淨了。

「這是拓也跟小瞳幫忙的嗎？」

「肯定是吧。」

我聽到主屋後方傳來孩子的聲音，於是叫道。

「喂～拓也、小瞳。」

他們兩人說著：「做什麼、做什麼？」一邊雀躍現身。拓也抓著剛逮到的蜥蜴一把往我這邊伸，滿臉洋洋得意。那是尾巴閃耀藍色光芒的日本蜥蜴。

「我問你們，是你們兩個把玄關那邊的草除乾淨的嗎？」

夏美一問，兩人異口同聲道：「嗯。」接著展露自豪笑容。

「哇，謝謝你們。你們真的幫了一個大忙呢。哥哥要賞你們零用錢，你們去店裡買冰淇淋吃吧。」

我從牛仔褲口袋掏出零錢，讓拓也拿好。

「哇，好棒！阿吾最好了～」

拓也高舉起拳頭歡呼。我對著他不知道什麼時候改稱的「阿吾」露出苦笑，感覺倒是不差。

「那個，我是很高興你們幫忙除草啦，只是為什麼只留下蒲公英在那裡呢？」

雜草拔得乾乾淨淨的玄關前，恰好獨留三株低矮的蒲公英在那裡。

回答的是小瞳。

「我跟你說喔，因為地藏先生他啊，最喜歡蒲公英了。」

正好就在此時，地藏先生一手拄著手杖從側門那邊走過來。

「怎麼樣，進展如何？」

「很順利。」夏美爽朗回答，然後轉向我問：「我說，再一下就好了吧？」

「嗯，大概傍晚就能整理好。」

「是嗎，大家真的很努力呢。」

地藏先生往別屋方向走去，想看看掃除成果。然後，突然在玄關前駐足。

「咦？是拓也跟小瞳除的草嗎？」

「嗯。蒲公英都有好好留下來喔。看吶，這個、這個，還有這個！」

小瞳在地藏先生身旁蹲下，依序指向被留下的三株蒲公英。

「你們這些孩子，真是了不起啊。」地藏先生溫柔瞇起雙眼，輕拍似地伸手撫摸起身小瞳的妹妹頭。接著，發出彷彿自言自語的呢喃。

「蒲公英，是很好的花喔。」

我、夏美、拓也與小瞳望向地藏先生的臉龐。

屋簷下的風鈴凜、凜……響起。

「地藏先生你，喜歡蒲公英呀？」

夏美問。

「嗯，喜歡啊。花沒了，還是能讓無數生命輕飄飄地漫天飛舞，感覺上好棒呢。」

地藏先生沒有看地面綻放的蒲公英，反而望著天空說。就在此時，我的心底莫名地有些騷亂不安。或許是因為地藏先生臉上浮現的笑容，看來比平常落寞，也可能是因為不經意映入眼簾的夏美側臉，看來有些擔心。

一陣微溫的風咻地吹過，屋簷下的風鈴再次凜、凜……響起。

日本蜥蜴冷不防一陣掙扎，從拓也手中噗通落地，隨即直接鑽進草叢不見蹤影。低矮的蒲公英花朵在風中顫抖。

儘管是夏天，很奇妙的是蒲公英看來像是凍壞了。

當太陽沉入西山那頭，風隨即稍微逐漸轉涼。

我將只有七、八月的「日翻式暑假月曆」，掛到被釘在麥芽糖色柱子的生鏽五吋釘上。那是夏美白天在市區的ＤＩＹ家居賣場發現買回來的。

「我早就想用用看這種的了。每天早上翻，看著剩下的日曆越來越少，就會覺得暑假結束的那天越來越近……好像可以體會到那種哀愁，對吧。可以感受到夏季一天天逝去的每個日子，都很珍貴，不是嗎？」

夏美望著掛在柱子上的日翻式月曆，一臉心滿意足。
「話說回來，慎吾……」
「嗯？」
「這麼一來，掃除作業算……結束了吧。」
夏美歪著頭，以手指甲拭去額頭浮現的汗珠。
我的腦袋持續運轉，視線同時環視室內一周。
「說得也是。嗯，應該算結束了，說得也是……」
好像沒有什麼忘記做的工作。
「真的，結束了？」
「嗯，任務完成囉。」
「哇……終於結束啦……雖然累個半死，但是我們的夏季限定愛巢，完成囉。」
夏美向我舉起右手，我伸手啪一聲與她擊掌。
孩子們已經先回去了，所以我順勢雙手捧住夏美的面頰，與她短暫接吻。一放手，夏美的面頰已經被弄髒變黑，讓我「噗嗤」一聲笑出來。我隨即以手機的拍照功能，拍下那張臉。她那滿含笑意、鼓著腮幫子的臉龐很棒，所以那張照片也被我當作夏季限定的手機桌布。

為了告訴地藏先生與安奶奶掃除完成的消息，我們來到主屋側門探出頭去，結果，聽到起居室傳來陌生男子的粗嘎嗓音。

「是誰啊？」

「哪知。」

夏美歪著頭，隨即啪答啪答地步入屋中。我也跟在她身後。

起居室的矮桌旁，除了地藏先生與安奶奶，還有一個穿著一身藏青色老舊日式工作服的中年男人盤腿坐在那裡。他以受驚般的詫異眼神，往我們這邊瞥了一眼。混雜白髮的蓬亂長髮以及邋遢短鬍，散發出一股獨特的威嚴。

但是夏美仍然一臉稀鬆平常，說著：「你好。」照例以討人喜歡的感覺點頭致意後，便進入起居室。我也只說了聲：「哈囉。」跟著進去。

「打掃完了嗎？」

安奶奶轉向我們說。

「嗯，託大家的福，順利完成了。今晚會先回家一趟，明天再載一堆行李過來喔。」

夏美活潑爽朗的應對，一般應該是男女老少通殺的，但是工作服男仍不改一臉冷漠。只見他眉頭深鎖，視線始終投向桌上，完全不想看向這邊。

仔細一看，男人與地藏先生面前都放著杯酒。

「今晚要回去啊。本想一起喝一杯的。」

地藏先生一如往常，笑吟吟地說。

「沒關係啦，地藏先生。從明天開始，就可以每天晚上喝個夠啦。」

夏美也是笑容滿面地回答。

「嗯、嗯，是啊。明天開始還真讓人期待啊。」

地藏先生說著，往我這邊舉起杯酒。

我也很期待呢……我正想如此示好時，一陣劍拔弩張的帶刺聲音響遍起居室。因為，工作服男出聲了。他沒看向這邊，只是凝視著杯酒。

「你們，房租，要付多少？」

席間頓時竄過一陣緊張。

在鬱悶沉重的靜默中，工作服男逕自將杯酒一飲而盡。

「總不會，還想從這個家搶免錢飯吃吧。啊～？」
說到最後那聲「啊～？」原本面向前方的男人轉向這邊，目不轉睛地直盯著我們。
在那彷彿要將人射穿的冰冷五吋釘的視線逼視下，我的喉頭頓時收緊。
我與夏美擠不出適當詞句，只能目瞪口呆地杵在起居室入口。
「好了，別說這種奇怪的話了。是我要這些孩子住下來的呀。」
「是呀。」
地藏先生與安奶奶及時對我們伸出援手，但是工作服男卻絲毫不留空隙地直接斷然說道。
「連Give & Take的道理都不懂嗎。還真是天真的小朋友啊。」
「我說啊，他們不是那種孩子啦。」
地藏先生一副拿他沒轍的樣子，企圖想當和事佬。
我是這麼覺得的——這個人可能喝得很醉了。不，絕對是這樣沒錯。否則，沒道理對初相見的人回嗆這麼失禮的話。決定如此解讀的我，姑且只說了句：「那個，真對不起，打擾到你們了。」然後拉住夏美的手。兩人就這麼回到側門，走了出去。
我們一邊注意著避免踩到蒲公英，走進別屋玄關，步上煥然一新的四蓆半榻榻米起居室。

夏美隨即拉上剛裝好的藍色窗簾，回頭看直接躺到榻榻米上的我。

「怎麼搞的嘛，那個工作服大叔。恐怖得亂七八糟，而且有夠沒禮貌的……」

聽她說「怎麼搞的」，我自己也很想弄清楚到底是怎麼搞的。

「只是單純喝醉了吧。」

「那種人怎麼會跟地藏先生一起喝酒呢？而且，憑什麼沒頭沒腦地非要被那種眼神瞪啊？」

「那些東西，我也搞不懂啊。」

一想起那個男人銳利冰冷的視線，雖然滿腔懊惱，但是心臟還是會狂亂跳動。那麼怯懦的自己實在讓人厭惡，我自顧自地煩躁起來。

站在窗邊的夏美，走到房裡那張折疊式圓桌旁一屁股坐下，隨即「哈」一聲發出沉重嘆息。

以抹布擦拭乾淨的木框窗戶玻璃，一邊顫動同時喀答喀答作響。外面似乎起風了。馬上就能聽見後山竹林的沙沙聲了。我想像著風緩緩吹上竹林山坡的情景。

「喂，明天開始，怎麼辦？」

「什麼怎麼辦……」

耗費整整兩天的時間，好不容易才把別屋整理得這麼乾淨。為此的花費也不只一、兩萬圓而已。更何況，一週兩次的大樓夜間清潔打工那邊，我也告訴負責人整個暑假都要休息了。

「我才不想被一個酒鬼拖累，害整個珍貴的暑假泡湯呢。」

我彷彿將心底的焦躁，揉成一團扔出來似地這麼說。

作品拍攝方面也是，這次我可是認真做好全力以赴的心理準備了。這個暑假的成果，說不定還可能左右我的人生。從小始終懷抱的攝影師夢想能否成真……不，說這個還太早，這是個在業餘比賽中得獎，盡可能追上領先同儕的大好機會，就連畢業專題製作的分數，都可能受到這個夏天的情況影響。

「要是嫌那傢伙煩人，付房租不就結了。」

我也不清楚該付多少，而且也瞭解做這種事，反而會傷地藏先生他們的心。但是，嘴裡就是源源不絕地持續冒出這些帶著討人厭熱度的汙濁語句。

「管它是水電費，還是伙食費，如果付錢就沒事，那付錢就是啦。」

我以賭氣的語調這麼說，一邊在榻榻米上坐起來。

一望向夏美，發現她雙手撐在桌面上拖腮，滿臉笑意。

「怎……怎樣啦……」

「沒有啊，只是覺得慎吾會這麼意氣用事，還真難得。偶爾像這樣把悶在心裡的情緒全爆發出來也不錯啊。」

夏美之後又呼呼發笑，然後完美總結：「總之，雖然有個讓人有點火大的傢伙，但是我們也只能採取成熟大人的態度因應了。你是這個意思，對吧。」

總覺得被當小孩子看待的我，有句話都湧到了喉嚨，最後還是又嚥了下去。「既然如此，一開始幫忙這樣總結不就好了嗎」。因為這話一旦說出口，就顯得更孩子氣了。

我們才坐上「Wagon R」發動引擎，就看到地藏先生有些慌張地從店裡走出來。他匆忙將手杖往前伸，半步、半步地拚命走來。

我降下夏美那邊的車窗。

「地藏先生，剛剛打擾到你們，真是抱歉。」

夏美馬上採取成熟大人的態度應對。

「沒這回事。反倒是讓妳感覺不舒服了，慎吾也是。真是對不住呀。」

地藏先生將重心放在手杖上，從副駕駛座的車窗窺探車內，望向駕駛座上的我。他的雙眉垂成八字型，一副衷心感到抱歉的表情。

地藏先生根本就沒錯啊……

我對他笑說：「不會、不會，不要緊。我完全沒放在心上啦。」但是笑容或許有點僵硬。

「那個人吶，跟我同是天涯淪落人，老婆都跑了，所以是常一起喝酒的酒伴。他其實是個溫柔的好男人，只是老像那樣惹人厭。」

地藏先生往店內瞥一眼。

那個男人，還在起居室裡啊。

不對，與其想這個……

地藏先生，離過婚？我對此有些意外，回答也稍微晚了一拍。代替我採取成熟應對的是夏美。

「嗯，明白，我們不要緊。地藏先生，謝謝你還特地過來跟我們解釋。我們明天再各自開車、騎車過來。還要麻煩您代為向安奶奶，還有穿工作服的那個人打聲招呼喔。」

夏美握住地藏先生不靈活的左手。

地藏先生「嗯、嗯、嗯」地頻頻點頭，然後說：「晚上開車小心喔。」同時又望向了我。

「好，我會小心的。」

「那，明天見囉，地藏先生。」

看到夏美揮手道別，我隨即將「Wagon R」緩緩開上路。

當我確認車內後照鏡時，發現地藏先生就像曾幾何時的安奶奶一樣，佇立在「竹屋」前，目送我們離去。獨自佇立於昏暗路燈下的地藏先生，看來就像是貨真價實的「地藏菩薩」。

第一個彎道來到眼前，我轉動方向盤。

地藏先生的身影倏地消失在視線之中。

第二章

相羽慎吾之「夏」

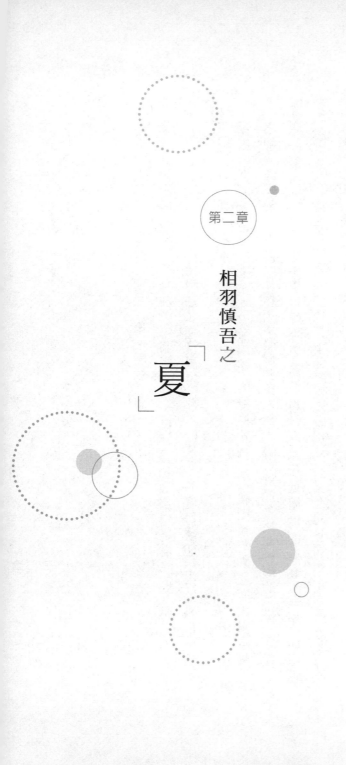

盛夏的太陽今天也是打從一大早便開始沸騰。氣溫猶如發射的煙火一飛沖天，到了下午，已經是柏油都快被融化的氣勢。心裡正憂慮著地球環境，覺得「這種熱法還真異常」時，區公所的廣播隨即發出「光化學煙霧警報」。

我獨居之處，是位於東京都東部一角的廉價公寓，近在咫尺的神社有大量夏蟬繁殖。鳴蟬與油蟬的叫聲層層交織，讓整個城鎮永無止盡地迴盪著悠閒樂觀的不協調音。

我一邊擦拭額頭汗水，忙碌地將攝影器材以及最低限度的全套生活用品堆進「Wagon R」。接著來到夏美位於三十分鐘車程之外的公寓套房，與她一起將大量行李塞進車內，然後再去附近夏美工作的幼稚園。

正因為是暑假，幼稚園空無一人。

我將車停在正門旁的路邊，對夏美說：「抵達目的地。」

「謝謝，等我一下喔。」

夏美從副駕駛座下車，打開正門的鎖，穿過以都內幼稚園的標準而言算寬闊的庭院，身影消失在教師辦公室中。

我將喜歡的ＣＤ推入車內音響。是山下達郎的舊專輯《Big Wave》。除了這張專輯，沒有其他任何專輯能讓夏天變得更爽快了。

第一首歌曲流洩而出，我隨即舒服地將背部靠進座椅，然後眺望空無一人的庭院。少了孩子身影的庭院，明明沐浴在閃耀陽光中，那副光景看來卻有種莫名的些許寒意。看起來總像是連續劇之類的布景。

回想起來，我與夏美初次相遇的地方正是這個庭院。那是正門兩旁成排杜鵑盛開的去年五月。

我們大學的研究小組從以前就有一項傳統，那就是承接這家幼稚園的「活動攝影師」打工工作。學長姊有時會指定我代打，去負責那個打工，而我也只好心不甘情不願地答應。那次活動是「五月的小運動會」。正因為開頭加了個「小」字，所以是上午就結束的簡單運動會，算是蠻輕鬆的工作。

我在那個運動會拍照時，取景窗裡看來色彩格外鮮豔的正是夏美。我基於工作所需持續拍攝園童，但是在不經意的那一剎那，還是忍不住將鏡頭對準夏美的側臉。

活動結束幾天後，我再訪幼稚園交付燒成ＤＶＤ的小運動會照片。我在教師辦公室匆忙將DVD交給園長先生後，隨即走到庭院去完成此行的必要任務。

夏美正蹲在沙池旁與園童們玩耍。

我深呼吸，試著讓心緒平靜下來，同時走向沙池。接著，對她纖瘦的背部出聲。

「那、那個……」

夏美轉向我。她人蹲著，所以我是被仰望的感覺。

「唔……妳、妳好。」

我緊張到看來像個傻子。

「是……你好。」

夏美臉上殘留與孩子嬉戲時的微笑表情，跟著起身。她的頭頂浮著一個看不見的「？」這個人，是誰啊？她的表情如實反映出內心想法。

「啊，抱歉。那個，我，是在之前的小運動會拍照的……」

「啊，是那時候的攝影師。」

發現她至少記憶一隅還記得我，內心不禁有些飄飄然，但是我嘴裡吐出的話語肯定因為緊張而語尾顫抖，表情也肯定僵硬不已。

「這、這是，之前小運動會的照片。有些照片照得很不錯，那個，光碟片……不介意的話。」
我說著，將拍下夏美身影的照片檔案交給她。其實，應該說是塞給她的感覺。
「咦，可以嗎？謝謝你。」
穿著水藍色圍裙的夏美，對我展露面對園童時的同種親切笑容。
「啊，但是……這是妳個人的禮物，沒燒給其他老師，還請妳保密。」
「咦？」
我覺得表情有些詫異的夏美，好像眼看著就要問我：「為什麼，只給我？」讓我的緊張徹底突破臨界點。
「那，我告辭了。」
我扔下這麼一句話，快步離開庭院。
我從那天起就一邊祈禱一邊等待。等著夏美的聯絡。
我給夏美的光碟片裡面，偷偷混雜一張拍攝圖畫紙的照片。那張圖畫紙上以簽字筆寫著手機號碼、住址，順便還附上「我等妳的電郵！BY未來的攝影師・相羽慎吾」等文字。
我是在四天之後，收到夏美傳來的手機電郵。

我在公寓房裡自己高舉拳頭，同時一而再、再而三閱讀那封電郵文字。

『謝謝你前幾天給我的照片。照片拍得太好，總感覺那個不是自己。背景也拍得朦朧朧、閃閃發亮……照片把我拍得好美，我很開心。相羽先生一定會成為一位很出色的攝影師的♪川野幼稚園教師・河合夏美』

我收到電郵那時候，還對自己拍攝的照片懷抱毫無根據的自信。所以，也確信理所當然能成為夏美口中的「出色攝影師」。

但是那陣子正好是個分水嶺，此後情況逐漸改變也是事實。因為周遭同儕全都腳踏實地地做出成果，持續不停往前、再往前邁進，相對的就只有我，彷彿在原地生根動彈不得，獨自被眾人拋在身後。逐漸遠去的朋友背影，讓我更加滿心焦慮。

只要到大學去就會極度煩躁、坐立難安的我，有一天突然開始自省。然後終於想到自己抱持的自信根本毫無「根據」，接著開始像無頭蒼蠅想要獲得那樣的「根據」，於是不顧一切地到處報名攝影比賽。

但是，我所期待的結果一次都沒有出現過。由於交出的全是為了趕上截止日期而臨陣磨槍的作品，說起來也是理所當然的結果。只是，眼見身邊就有友人陸續在我落選的比賽中穩健入選，想當然爾也只有一路消沉下去的份。

那樣的我，就這麼一天天喪失自信。

面對在學生餐廳裡，向我得意展示得獎的攝影雜誌頁面的朋友，我滿心嫉妒；同時也感受到隨著嫉妒的情緒越強烈，內心也慢慢蒙上一層骯髒的濾鏡。透過骯髒濾鏡所見的每張照片，全都光影單調、欠缺彩度。後來，甚至對照片的觀點都開始變得模糊不清，慢慢覺得自己的作品從沒這麼爛過。曾經認為理當實現的攝影師夢想，曾幾何時也猶如海市蜃樓，逐漸遠去模糊，最後也開始覺得那單純只是個不論再怎麼伸長手，都觸碰不到的錯誤妄想。

夏美她……仍真心相信我能成為「出色攝影師」嗎？

當車用音響開始播放山下達郎的第三首曲目〈Only With You〉時，夏美在庭院現身。她抱著大紙箱往這邊走來。聽她說，箱裡裝著工作準備要用的工具類物品。

「久等了。有夠熱的啦……真的是異常氣候耶。在外面稍微走一下就流汗了。」

夏美說著將紙箱放到後座，自己則坐上副駕駛座，接著「呼」地嘆口氣。

「妳帶了很多東西過去嘛。」

「因為要做全班所有人要用的份呀。」

夏美稍微流汗的側臉呈現鮮豔的天然色澤，看來天真無邪。

「是喔。那，先走再說囉。」

「是～」

我踩下車輛油門。

再次開往夏美的公寓。

車子一在公寓入口前停妥，夏美就從自己房裡將安全帽以及皮手套拿出來，暌違已久再次跨上「CBX400F」。不論何時看，這台摩托車總是被擦得光可鑑人。

她發動引擎，輕轉油門。

轟～轟～這匹鐵製馬匹咆哮作響後，擁有了生命。

八〇年代復古摩托車發出的怡人聲響，四缸順暢的排氣。夏美說，排氣管用「MORIWAKI」零件製造商的匯流排氣管改裝，是讓排氣聲悅耳的祕密。夏美不知道什麼時候說過，負責改裝的是夏美三年前因癌症過世的父親。

我坐在「Wagon R」的駕駛座上，降下車窗。

「夏美，那妳跟在我後面喔。」

「我自己騎前面先過去……不行吧。」

「不～行。妳騎車超危險的。」

「果然，早知道你會這麼說。」

夏美在安全帽中吐了吐舌頭。

「那就走囉。」

「是，慎吾。你盡量飆快點喔。」

夏美對我拋了一個非常刻意的媚眼。

「辦～不～到。」

我笑著，踩下「Wagon R」的油門。

上路後不久，我往車內照後鏡瞄了一眼，只見夏美的摩托車窮極無聊似地跟在後面。我右手握著方向盤，左手試著對她比出V字手勢。夏美見了，舉出拳頭。似乎是想用剪刀石頭布的邏輯取勝。

一駛入首都高速公路七號線，風景唰地換上夏季風情。

遙遠的東方天空堆疊著肌肉感十足的積雨雲，白色的飛機雲乾脆地將蔚藍的夏季天空從正中央一切為二。

再三小時就能抵達「竹屋」。

我們的暑假，終於即將揭開序幕。

◇◇◇

在「竹屋」的別屋展開生活後，我們每天都跑到河邊去。我們一頭栽進了地藏先生指導的河川遊樂世界。

我們遊樂的河川是螢火蟲漫天飛舞的那條清澈河流——名為桐森川的溪谷。穿過就在「竹屋」前方的空地後，有片能讓腳不好的地藏先生都能下到河灘的平緩林間斜坡。走下斜坡，就能抵達一片不太寬廣，卻佈滿美麗鵝卵碎石的河灘。河川寬度約五公尺，對岸是看來有二十公尺高的斷崖。上游是淺灘，下游形成小型瀑布壺穴與水潭。水潭中的河水呈現澄澈的彈珠汽水瓶身色澤，總是咕嚕、咕嚕流動著。戴上潛水面罩潛入那個水潭，馬上就有悠游的河川魚群的銀鱗從四面八方將我包圍，宛如夢境。

吹過夏季溪谷的河風潔淨清爽，飽含森林的氣息。

我與夏美在延伸出河灘的紅葉樹蔭下，放了張舒適的折疊椅讓地藏先生坐。地藏先生整個背部陷進椅背，一邊刺眼似地瞇起雙眼，指導我們在河川遊樂的方法。

「地藏先生要是再戴上一副眼鏡，就像個導演了。」

夏美完美的比喻，讓我們三人都笑了。

天氣實在太熱的日子，我們會將地藏先生的椅子放進淺灘。地藏先生會光腳坐著，將雙腳泡入河水嬉戲。

「這條河呢，我還是孩子的時候常在這裡游泳呢。」

地藏先生在河裡時，感覺上是最幸福的。

腳不好的地藏先生在應該很難走的鵝卵碎石上，笑吟吟地慢慢、慢慢移動時，有時會說：「慎吾啊，長在那邊的細竹，可以從根部幫我砍五支過來嗎？」同時以手杖指向竹林。

我根據指示用鋸子鋸了五支細竹過來，他又要我用繩子將細竹捆成一束。

「嗯，綁得真好。這就叫做『柴』，把這個浸在那邊深約一公尺、沒有流動的水中一晚。那麼一來，明天就能抓到很多蝦子囉。」

隔天早上三人到河邊，事先在河灘攤開一張藍色鋪墊後，靜靜拉起「柴」。接著，在藍色鋪墊上啪沙、啪沙晃動「柴」，藏在綁成一束的竹葉縫隙中的無數蝦子隨即嘩啦、嘩啦掉下來。轉眼間，藍色鋪墊上滿是活蹦亂跳的小蝦子。

「看好囉，這種大概三、四公分的透明蝦子是條紋蝦，小一點的褐色蝦子是沼蝦。這兩種蝦子呢，用油稍微炒一下再灑上鹽巴，當晚上的下酒菜是最棒的呢。」

「這邊手長長的呢？」

夏美問。

「那叫長臂蝦。那種的可以用竹籤從尾巴串進去、灑點鹽，用篝火烤來吃。把蝦頭放進竹編的筒狀捕魚簍，然後沉到那邊的深水處吧。」

所謂的「捕魚簍」設有只進不出的機關，是種捕魚陷阱。我與夏美潛入水潭，將竹編捕魚簍沉進水沒有流動的深水處。

隔天早上，來回收捕魚簍的我們大聲尖叫。

「哇～」

「超讚～」

捕魚簍裡竟然有隻天然鰻魚。

「地藏先生，鰻魚要怎麼吃啊？」

只要夏美一問，就會立刻得到答案。

「用五吋釘釘到砧板上，再用磨利的刀鋒從背部切開。奶奶她很會片鰻魚，一開始可以請她示範。」

我們帶著天然鰻魚一回到家，安奶奶滿臉驚訝地說：「啊呀，好久都沒看到這種的了。」隨即用磨刀石磨起菜刀。接著，熟練地以菜刀開始片鰻魚。首先用鐵釘將頭骨固定在砧板上，從魚背切開。取出中骨、切掉頭部，但是沒有扔掉。魚頭以厚刃尖菜刀使勁剖成兩半，用醬油、味醂、酒與砂糖製作蒲燒醬汁時再放進去一起燉煮。那麼一來，魚頭就會燉出很棒的高湯，成就無與倫比的美味醬汁。中骨曬半天後，以高溫油炸到酥脆。隨後再輕輕灑上一點鹽，就成了拓也與小瞳的點心，大人們喝啤酒的下酒菜。

片好的鰻魚一開始也能用蒸的，但是我們是直接以刷子刷上醬汁，一邊以炭火烤成關西風味的蒲燒鰻。這同樣是美味到讓人瞠目結舌。

「新鮮的鰻魚呢，乾烤後沾山葵醬油，搭配切碎的紫蘇葉一起吃喔。奶奶覺得這種吃法比較清爽，很喜歡呀。」

安奶奶所說的乾烤也是一絕，在品味過程中，搭配「淡麗辛口」（註7）的冷酒一杯接

註7 日本酒根據甜度與酸度所訂出的四種分類之一，另外三種是「淡麗甘口」、「濃醇辛口」、「濃醇甘口」。「淡麗」意指口感清爽圓潤，「甘口」意指口感帶甜，而「辛口」則指口感帶酸。

一杯，根本停不下來。

「唔……這麼好吃的鰻魚，我還是第一次吃到。」

夏美很顯然地加入了乾烤派。

我們之前曾用網眼很細的撈魚網，抓到好多棲息於河底，名叫吻蝦虎魚的小隻淡水蝦虎魚，安奶奶就拿來做成辣味夠勁的「佃煮」（註8）。那是一道很下飯的絕妙配菜。不用辣椒，而是以花椒粒一起以小火慢燉，立刻就能突顯吻蝦虎魚的獨特風味，當下酒菜吃同樣無懈可擊。

我們也用同樣的撈魚網，痛快地抓到泥鰍。抓泥鰍時，要先找河水比較沒有流動的平緩砂礫河底，首先將撈魚網覆蓋在空無一物的砂礫上。網子按著河底，以往自己這邊拉的氣勢，火速一口氣連同砂礫全撈起來。以過篩似的手勢，在水中捧住網中的砂礫，讓砂礫隨著河水流走。到了最後，就會剩下幾隻滑不溜丟的泥鰍留在網中。

泥鰍養在井水水槽中兩、三天吐沙後，以較為濃郁的高湯稍微煮一下，然後以醬油調味淋上蛋花，煮到半熟時起鍋享用。這等於是速成的柳川鍋（註9）。點綴生長在河灘上的水芹與鴨兒芹，風味更是一絕，而這也是地藏先生指導的吃法。此外，泥鰍油炸至酥脆，再灑上鹽巴與胡椒後享用，肉質獨特的苦味與甜味是最好吃的，也很適合當啤酒的下酒菜。

要抓漢氏澤蟹也很簡單。鎖定散佈於河灘的較大石頭，只要翻起石頭一角滾動即可。漢氏澤蟹就藏匿於翻動石頭的下方。習慣後，就能以極高準確率分辨出漢氏澤蟹藏匿的石頭。

「漢氏澤蟹呢，有分藍背與紅背。藍背比較大，甲殼還有大螯都很硬，一點都不好吃。抓的時候，要盡量找甲殼偏紅，比較小隻的喔。」

據說，地藏先生小時候最喜歡吃稍微灑上鹽巴的清炸漢氏澤蟹。我們吃過後也恍然大悟，小隻漢氏澤蟹濃縮一身美味，真的好好吃。大隻漢氏澤蟹的殼硬梆梆的，只會碰得牙齒疼，沒什麼味道。

我不知不覺根本抓上了癮，後來決定把抓到的藍殼漢氏澤蟹養在別屋。這隻螃蟹因為甲殼是藍色的，而幸運逃過一劫沒被吃掉，所以被夏美取名為「Lucky」。別屋窗邊原

註8 日本傳統家常菜，源自佃島漁民以醬油、砂糖等調味料烹煮海味，藉此延長保存期限的習慣。如今「佃煮」的烹調食材已不再限於海味。

註9 以泥鰍為食材的日本鍋物料理。

本就放著一只舊的玻璃金魚缸，我們加水放進砂礫，就當作Lucky的家。Lucky也挺貪吃的，不管是小魚乾還是魷魚絲，給牠什麼都能吃很多。

到了傍晚，我們就將毛鈎甩入淺灘釣箱根三齒雅羅魚。那是一種稱為TENKARA手竿釣的日式毛鈎釣法。

「箱根三齒雅羅魚是鯉魚的同類，釣上了其實也沒有多好吃啦。只是棲息在清流裡的沒有腥味，去鱗拿掉內臟，再來隨便切成塊狀，就可以拿來熬味噌湯的高湯。這樣可以煮出風味獨特的味噌湯喔。」

嘗試烹煮後，發現還真是從未嚐過的味噌湯。隨意切塊的箱根三齒雅羅魚的白肉也說不上多好吃，只是湯頭還真不賴。

等到夏季太陽完全西沉，銀河高懸夜空時，又能進一步享受別具風情的樂趣，那就是夜捕長臂蝦。白天全都潛伏於黑暗洞穴深處的長臂蝦，夜幕低垂後便緩緩爬出，在淺灘到處移動。

我們帶著手電筒與小一號的捕魚網來到夜晚的河邊，用手電筒照射淺灘。只見長臂蝦的雙眼在手電筒映射下，發出橘色的閃耀光芒。只要發現那橘色光芒，從上方輕輕蓋上捕魚網，順勢迅速往自己這邊拉。往撈起的魚網中窺探，就能看見在裡面活蹦亂跳的長臂蝦。

長臂蝦有很多吃法，但是最讓我感動的還是「蝦味麵線」。用長臂蝦熬出的湯頭加上砂糖與醬油，製成鹹甜夠味的沾麵醬汁，麵線沾醬汁享用。驚人的美味，讓那些與冰塊一起盛裝在竹簍上的麵線，不論幾人份都不夠吃。

長臂蝦的長臂從根部扭下，也可以當作延繩的活餌。所謂的「延繩」是以一根繩子懸掛許多魚鉤的釣魚工具，從水潭一端拉到另一端後沉進水裡。設置延繩能比筒狀的竹編捕魚簍以更高的準確率，捕獲圓滾滾的肥碩鰻魚。

在滂陀大雨的日子，由於河水暴漲實在太過危險，地藏先生不准我們到河邊去。相對的，隔天就有一個藏了很久的禮物等著我們。

「像今天這種河水升高、變成濁流的時候呢，河水兩旁就會形成水窪。在濁流中游累的魚會來到水窪休息，會有很多魚聚集在裡面喔。只要瞄準水窪，用投網打下去就能一網打盡了。」

我們不但沒有打投網的技術，連投網都沒有，於是用大一些的叉手網代替。那是一種用竹框撐開袋網的工具。簡言之，就是得用雙手拿的巨大撈魚網。夏美與我在地藏先生指示下，雙手拿著叉手網，從混濁的水窪慢慢從左右包抄追逐魚兒。然後，就在雙網接觸的瞬間嘩地一口氣撈起來。

「喔喔喔喔～」

「啊啊～」

我們忍不住大叫。

光是這麼一撈，包括箱根三齒雅羅魚、日本溪哥、鯉魚、鯽魚、蝦子等全都在網裡跳來跳去。

地藏先生總是以閃耀的雙眼，望著簡直像孩子雀躍興奮的我們，同時流露微笑。我最喜歡地藏先生那種表情，數度拍下照片。

當河水高漲造成的混濁逐漸沉澱，河水再次回復清澈之際，我獨自安靜地走在淺灘中，發現砂礫河底上有什麼正在迅速移動，然後啪地消失在砂礫中。那一定是地藏先生告訴過我們的一種魚——「長吻似鮈」。據說長吻似鮈的習性是一見人影，就會急忙鑽進砂裡躲藏。

「一旦長吻似鮈鑽進砂裡，就用雙手從上方使勁壓進長吻似鮈周遭砂子裡，然後順勢深挖再連同砂子一起剷起來。那麼一來，就能用手輕鬆抓到囉。」

我回憶著地藏先生的話，嘗試從上方壓進長吻似鮈藏匿處附近的砂子。雙手順勢將砂子劃起，隨即捕獲一條十五公分長的漂亮長吻似鮈。徒手抓魚的極致愉悅……讓我以DNA等級深深享受著這種河川之樂。這種長吻似鮈也和箱根三齒雅羅魚一樣，是鯉魚的同類，白肉魚身鹽烤非常好吃，美味尤其集中在魚皮。地藏先生還教我們一種吃法，那就是把皮一圈圈繞在竹籤上，灑點鹽巴炙烤後享用。雖然能吃的量很少，但是配酒吃真是無懈可擊的珍饈。

地藏先生指導的河川遊樂，不僅止於抓魚。

他還教我們利用那些垂在高約兩公尺的斷崖旁的藤蔓飛盪，然後像泰山一樣跳進水潭玩，還教我們如水芹、鴨兒芹、水芥菜等隨處可見的山菜種類。摘下到處生長的山白竹竹葉，用篝火烤到黃褐色再用鍋子熬煮，光是那樣就是一鍋具有甜味的好喝竹葉茶。對於潛進河裡再上岸的冰冷身子而言，一口溫暖的竹葉茶可謂極致幸福；特意放入冰箱冰鎮，摻入燒酎飲用也別有一番風味。

「你們試著溯河探險吧。途中會有一段水色澄澈的深靜之處，潛到河底去看看。那種地方肯定會有地下水湧出、捲起砂礫。那水呀，更是冷冽美味吶。」

我們按照地藏先生所言，徒步溯河而上，果然發現一段從河底汩汩湧現湧泉的深靜之處，只有該處水溫驟降，而且呈現如同「巴斯克林COOL」芳香入浴劑般的水色。我們一發現湧泉，隨即手持空寶特瓶游至該處，在湧泉中打開瓶蓋，裝了滿滿的超新鮮天然礦泉水。

用這種水泡的咖啡特別好喝。我們跟拓也還有小瞳一起玩的時候，也會用這種水幫他們調製可爾必思，而大人則用來稀釋威士忌或燒酎喝。安奶奶也用這種水煮出Q彈白飯，幫我們捏了飯糰。

大半個月過去，我與夏美也稱得上是個「河川遊樂達人」了。而我也在河川遊樂的同時，持續忘我地按下快門。我們常邂逅野生猴子、野鹿、山豬、鼯鼠、松鼠等，另外也拍了無霸勾蜓、綠胸晏蜓、黑豆娘、日本樹蛙、虎甲蟲、水蠅、山椒魚等。山上也有腹蛇，而河灘也有虎斑頸槽蛇等毒蛇，那些傢伙只要沐浴在夏季陽光下，也算是我夠格的攝影模特兒。

盛夏的耀眼天空、碧綠群山、清澈河流。還有鄉間人家生活的昭和風味房舍、慵懶悠閒的田園風景，每當我透過取景窗窺視這一切，就會毫不厭倦地持續按下快門。

房租方面，我與夏美商量後決定一毛都不付。

相對的，我們決定隨時以實物支付或提供充分的年輕勞動力。

住進別屋時，我們就先將二十公斤白米，還有我長野老家（古老的釀酒廠）送來的一升瓶裝純米酒十瓶，整批搬進福井家。

我們會找時間清掃店面與住家、清除庭院中無垠的叢生雜草，會在店裡站收銀、將傳閱板傳到下一戶人家去，也常開車載兩人去購物。只有我們去購物時，也一定會買四人份食材。

廚房那邊，總能見到夏美與安奶奶並肩而立的身影。穿著相同日式烹飪服的兩人，簡直就像真正的祖孫倆。她們總是感情融洽地相視而笑，一邊為我們烹調出健康又美味絕倫，同時充滿古早味的料理。

有天傍晚，地藏先生望著站在廚房的兩人背影，帶點惡作劇的感覺笑說。

「夏美這孩子啊，感覺好像在做新娘特訓喔。」

「啊……」

我不禁慌了手腳，笑出聲的安奶奶也回過頭來。

「我說慎吾呀，夏美已經是個很出色的新娘囉。溫柔率直，又是個美女，照顧孩子也很有一手。打著燈籠也找不著這麼棒的新娘子呀。」

夏美聞言也轉向這裡。她雙手環抱於胸前，一臉自豪地彷彿在說「看吧」。

「慎吾，安奶奶剛剛說的有沒有聽進去啊？」

「是、是、是，聽進去了。」

「啊，怎麼覺得態度有點糟呀。」

「欸，有嗎？」

「我看呢，還是來當這家的女兒好了。慎吾，要不要放我走啊。」

我的腦海此時閃過這樣的玩笑話：「只有夏美一個人好過太狡猾了，就讓我一起當這個家的女婿吧」。但是我發現一旦說出口，就真的是在求婚了，於是又急忙將這句話嚥下去。取而代之的是畢恭畢敬地雙手往榻榻米上一撐，跪著道歉說：「全怪小的不識相！」把大家逗得拍手大笑。

那個感覺異常惡劣的工作服男，大概會以三天一次的頻率出現在「竹屋」。據地藏先生說，男人是個頗有兩把刷子的佛雕師，定居在村郊森林的一棟房子裡，好像是把那裡作為工坊。我沒有再繼續追問其他訊息，因為老早打定主意不要與他有所牽扯，所以到現在還不知道他的名字。地藏先生也沒對我們提到那個男人。一定是因為顧慮到我們的心情吧。

只是，男人有時會突然晃到「竹屋」來買東西，也會直接進入室內踏上起居室喝茶，也曾像以前一樣與地藏先生對飲。看到我進獻給「竹屋」的老家純米吟釀被男人當水喝，心裡雖然不是滋味，但是還是決定採取成熟大人的態度因應，睜一隻眼閉一隻眼就算了。

老實說，我與夏美都一樣，就是無法抹去「這男人很難打交道」的意識。儘管如此，幾次打照面下來，雖然是一點一滴的，仍然可以感到男人視線裡的刻薄尖刺似乎慢慢減少了。我們並不是只會單方面接收福井家的盛情而已……他或許是從哪裡這麼聽說了吧，又或許是以自己的雙眼去看，理解了吧。

不論如何，對工作服男的隱約恐懼逐漸淡去，對於我們在「竹屋」別屋的生活非常重要。

讓人意外的是，拓也與小瞳很黏工作服男。像前幾天，男人盤腿坐在起居室喝茶，結果小瞳竟然一屁股就坐進他盤腿的正中間，而且還一臉理所當然似的。連拓也都拉著男人的衣袖，發出撒嬌的聲音說：「叔叔，再一起放煙火嘛，好不好嘛。」會說「再」，意思就是平常會與工作服男一起放煙火囉。

在店裡站收銀的我，雖然只有一點點，卻發現自己竟對男人萌生無聊的嫉妒，只好自顧自苦笑。

過了幾天之後的某個下午。

那天從上午開始，就滴滴答答地下著彷彿溫水的夏雨。夏美在廚房向安奶奶討教焦糖蜂斗菜的做法，沒事做的我負責顧店。

這裡本來就是窮鄉僻壤的深山小店，一天的來客數頂多寥寥數人。加上下雨，顧客變得更少，顧起店來總而言之就是無聊。

我在收銀機前的椅子就座，翻開看到一半、很愛的推理作家的文庫本。閱讀到大概第六十頁時，我突然察覺附近有人，隨之抬頭。當我看到那位顧客臉龐時，立刻慌張地闔起書本塞進收銀機下方的架子。

「歡……歡迎光臨。」

我姑且試著這麼說，但是聲音果然就像今天的天空，完全開朗不起來。男人似乎沒撐傘冒雨過來的。摻雜白髮的蓬髮，還有穿得很舊的工作服肩膀附近都被淋得濕答答。

我還是坐在收銀這邊，有一搭沒一搭地偷瞄男人行動。雖然很不想與他的視線對上，莫名地就是會在意，視線也總是往那邊飄去。或許是越恐怖就越想看的心理在作祟吧。

男人信步在狹窄店內到處物色商品，最後拿著十入一組的褐色信封、泡麵，還有三袋小魚乾站到收銀前。

我盡可能迅速敲打計算機，說出合計金額。

「唔，兩千四百七十八圓。」

但是，男人卻無視我的話，發出粗嘎的聲音說。

「地藏先生在幹嘛？」

「啊，那個……聽說今天好像有點累，在裡面的房間睡覺。」

男人推開我，往起居室內側窺探。那裡應該沒有人才對。安奶奶與夏美都在廚房。凜……

屋簷下生鏽的風鈴響起。

屋外雨勢似乎稍微增強。

「這個家呢，就只有兩個老人家在生活。你們，多幫點忙吧。」

男人放下千圓鈔後說。

「是……」

我正想找錢，男人就像驅趕蒼蠅似地揮揮手說：「放進收銀吧。」

「欸，但……但是。」

「放進去。」

粗嘎的聲音多了恫嚇。

「是……那就這樣。」

我將找零放進收銀機中。

這個男人，出乎意料之外地是個不錯的傢伙也說不定……我邊這麼想，將商品放入無花樣的白色塑膠袋中交給他。

「你啊。」

「是……」

「聽說你已經學會了TENKARA手竿釣？」

男人接過袋子一邊說。

「技術還很糟糕。」

「雨快停了。雨剛停，就釣得到囉。」

低聲這麼說完，男人隨即轉身。

我有些不知所措，對著他正想走出店鋪的背部出聲。

「請……請問。」

男人停下腳步，回過頭。

「請問那麼多的小魚乾是做什麼用的？」

「要餵夜叉。」

男人沒好氣地說完，便跨過店鋪門檻。

夜叉？

「啊，那個……傘，雨傘……」

「不用。」

他這次頭也不回地走出店外。然後以彷彿根本沒在下雨的樣子，悠然邁步離去。

我從收銀這邊凝視著他逐漸縮小的背影，「呼」地吐口氣。沒想到，那是一聲輕快的嘆息。

如同男人所言，雨在兩小時後就停了。感覺暴戾的夏季陽光從雲層縫隙間大刺刺地照射地面，後來還讓柏油路面冒出熱氣。

我請夏美幫我顧店，背著地藏先生的TENKARA手竿釣釣竿外出。就在我穿越店門前的空地時，不經意仰望東方天空，隨即「哈」地一聲為之倒抽了口氣。

東方天空掛著一條讓人眼睛一亮的彩虹。

我急忙返回「竹屋」，呼喚夏美與安奶奶，大家一起眺望彩虹。

我還從兩人背後，以仰望彩虹的構圖，按下Canon的快門。

然後，我說著：「那我去釣魚囉。」揮揮手，穿越空地，走下連接河灘的林間小徑。

雨後的森林感覺更夢幻了。

被淋得濕答答的枝葉上生出無數水滴，沐浴在鑽過樹間的強烈夏季陽光下，猶如三稜鏡一般閃閃發亮。我停下腳步，靜靜環視周遭。

就在那一瞬間，我的背部與雙臂都起了雞皮疙瘩。

因為一回神，我發現自己已經佇立於數千萬顆的光線粒子正中央。

不久後，一隻油蟬在高聳的樹上開始鳴叫。四面八方的蟬彷彿應和般，隨之一齊高聲歌唱，「盛夏」瞬間在大雨剛歇的森林中沸騰。

我站在河灘上，咻咻咻地朝淺灘揮竿。就連技術拙劣如我，拋出的毛鈎也能痛快地吸引魚兒上鈎。

雨剛停的時候，真的釣得到耶……

每釣起一尾，我就會想起男人那張不討喜的臉。然後每想起一次，就感覺到那些彷彿沉澱在心底的黑色沉澱物，似乎一點一滴地被昇華了。

那天夜裡，我自掏腰包購買「竹屋」販賣的玩具煙火，叫上拓也與小瞳一家人。

夏美穿著安奶奶送的一件年代久遠的藍染浴衣，心情好得不得了。那件浴衣簡單大方、氣質高雅，上頭繪有白色朝顏花圖樣。

「怎麼樣，慎吾？適合我嗎？」

夏美在我面前轉一圈。那條色調沉穩的櫟棠黃腰帶，聽說也是安奶奶幫忙綁得漂漂亮亮的。

「嗯，感覺很好。」

「真的。」

「而且跟某大叔的工作服顏色一樣呢。」

我才剛以玩笑話掩飾自己的難為情，下一秒卻突然眼冒金星。

原來是慘遭夏美狠彈額頭……

我們將冰桶放在面向後院的緣廊上，再放入啤酒與冰塊一起冰鎮。

晚間七點，大家齊聚一堂。

將手持煙火交給孩子們去玩耍後，成年人就一邊享用安奶奶與夏美做的小菜，在緣廊對飲。

後山竹林吹下來的夜風涼爽，讓改掛到緣廊屋簷這邊來的風鈴頻頻發出凜、凜的怡人音色。

煙火的煙霧氣味、夏美的浴衣身影、冰鎮的啤酒、還有開始加入鈴蟲鳴唱的蟋蟀情歌，讓逐漸邁入尾聲的夏季一夜風情蒙上些許心酸。

「今晚的月色真好啊。」

坐在緣廊的安奶奶以可愛的聲音，感慨萬千地說，成年人都靜靜仰望夜空。

「既然說到月亮，也叫上雲月先生吧。」

地藏先生說。

「那個雲月先生，該不會是……」

夏美頭一歪。

在地藏先生回答那個問題之前，我開了口。

「是那個穿著工作服的男人吧？難得有這樣的機會，叫他一起來吧。」

地藏先生微微頷首，開心瞇起雙眼。

夏美有些驚訝地看著我這邊。那表情沒有嫌惡，反而像在說「喔，還真有你的」。

我稍微害臊了起來，拿起放在附近的線香煙火（註10），利用立在錫桶中的蠟燭點燃。

啪沙、啪沙啪沙、啪沙……煙火發出輕微聲響，細緻優雅的火花隨之四散飛舞，正中央的火球緩緩膨脹。

別掉下去喔。夏天會結束的。

「慎吾，謝謝你啊。」

我用蹲著的背部聆聽地藏先生的聲音。

註10 日本很有代表性的夏季玩具煙火，類似台灣的仙女棒，不同的是要手持煙火上端，點燃煙火尾端讓火花由下而上綻放。煙火燃燒時，會形成一個小火球逐漸往上移動，終至燒完熄滅。小火球也可能只燒到一半就將煙火燒斷，而掉落熄滅。

當下只覺得怪不好意思，也不知道該怎麼回答，而且感覺一回頭火球好像就會掉下去，所以我假裝沒聽見。

拓也的父親康晴先生隨即用手機打電話給雲月。但是，雲月終究沒有接電話。

所有煙火都放完時，方才還高掛天上的月亮也往竹林那邊西斜。小瞳打了個大哈欠後，拓也他們一家就像接收到什麼暗號似地順勢告辭回附近住家去。

我與夏美負責收拾緣廊的餐具還有煙火留下的殘屑。習慣早起的安奶奶剛剛也稍顯疲色，所以請她先去歇下了。

地藏先生笑說：「今天午覺睡得飽飽的，一點都不睏呢。」然後從緣廊移動到起居室，坐在矮桌旁等我們。

過一會兒，我們整理完畢回到起居室，地藏先生就說：「我們三個來喝一杯吧。」一邊模仿舉杯姿勢。

「耶～來喝、來喝。」

夏美避免吵醒已經在內側房間就寢的安奶奶，輕聲表露雀躍之情。接著，從廚房端來親手做的生蒟蒻切片、焦糖蜂斗菜、溪蝦炸什錦，擺到矮桌上。我開了電風扇，隨即從冰桶捏出沒喝完的生酒（註11），備妥三個酒杯後在矮桌旁就座。

窗外飄進秋季昆蟲急性子的哀歌。

「我問你喔~地藏先生，這種叫聲沏、沏、沏的昆蟲，叫什麼名字啊？」

夏美喝著酒，一邊這麼問。

「這是鉦蟋喔。據說就是因為叫聲像在敲鉦（註12），所以才有這樣的名字。這音色感覺有點寂寥吧。」

的確，鉦蟋的聲音總帶著莫名的淒涼。豎耳傾聽，似乎能聽見我們的夏天走向終點的速度，正一秒、一秒地倒數計時中。

「話說回來，八月的日翻月曆也薄多了耶。啊呦，真希望今年的夏天不要結束呢……」

夏美有些鬱悶地嘆口氣。連我也被感染，差點就要嘆息出聲，緊要關頭硬是嚥了下

註11 一般日本清酒釀造後會經過一至兩次加熱殺菌（入火），未經這道工序直接上市銷售、必須冷藏保存的清酒稱「生酒」。

註12 形狀猶如金屬盤的日本傳統敲擊樂器。

去，然後拿起斟滿生酒的酒杯。

「八月不是還有一週嗎？得好好享受才行啊。反正，先乾杯再說吧。」

我盡可能試著擠出開朗聲音這麼說，但是自己吐出的話語卻讓我想到「八月只剩一週」的現實，結果反而是自己一個人大受打擊。

「對啊，慎吾說得沒錯。希望剩下這一週會成為最開心的時光，乾杯！」

三人的小酒杯在矮桌上方發出鏘、鏘的碰杯聲響。

夜色漸深，酒意正濃，三個人的話也漸漸多了起來。

「我問你喔，地藏先生，那個叫雲月的，到底是什麼人啊？」

穿著浴衣，雙頰被染成一片潮紅的夏美，在矮桌前改成側坐後問。

「啊，那個人呀。他是個技術高超的佛雕師。」

「佛雕師？」

「嗯。雕刻佛像的。好像說是茨城或哪裡的寺院二少爺。」

我對於佛雕師這行，幾乎可說是一無所知。大學雕刻系中也沒有開設「佛雕師」的課程。

「所謂的『佛雕師』，具體來說是雕些什麼呢？」
我問。
「我也不太清楚就是了，不過聽雲月先生說，全國寺院會下訂單委託雕刻像是阿彌陀佛、不動明王或是十一面的千手觀音菩薩之類的。」
「哇，像千手觀音應該手工很精細，感覺很難雕吧。」
「大概吧。還有啊，他說一些特別的種類，像辯才天（註13）、彌勒佛那些也都雕過。」
「喔~是喔。只是……」夏美似乎在回想雲月的平日風貌，凝視著半空。「那張撲克臉還有威嚇感……要說佛像嘛，還比較像是雕鬼怪或仁王（註14）吧？」
「啊哈哈，的確是這樣。」
我一笑，地藏先生也以悠閒語調說：「真~的呢。」然後也笑了。
「但是啊，據說那人雕的佛像簡直栩栩如生……還被說是為佛像注入生命的天才

註13 印度教中的知識女神，在日本為七福神之一並被賦予「帶來財富」的形象，故又稱「辯財天」。

註14 又稱金剛力士，為佛教傳說中的護法善神、佛陀侍從，外貌兇惡，故有此言。

呢。他也讓我看過好幾次作品，真是驚人吶，那佛像好像隨時就要開口說話一樣。」

「那真的很厲害耶。」

「嗯。那個人是個很厲害的人物喔。會對著佛像嘰哩呱啦地說話一邊雕刻呢。」

對著佛像說話一邊雕刻木頭的雲月……我試著想像，但腦海裡卻無法勾勒出寫實的影像。

「雲月先生最近有沒有在雕什麼呢？」

「他說現在在用一木雕的手法雕菩薩。今天沒接電話，說不定也是因為這個吧。」

「一木雕？」

聽到不熟悉的詞彙，夏美頭一歪。

「嗯，從一塊原木雕刻出整尊佛像就叫一木雕。」

我與夏美齊聲「喔」地一聲，然後仰頭飲酒。

凜……

緣廊屋簷下的風鈴音色傳到這裡。

緊接著，是竹林的沙沙聲響。

從窗外潛進的風，輕輕撫過我們的汗毛。那是微微蘊藏秋天氣息、觸感酸楚的風。

「話說回來，之前是說雲月先生離過婚，對吧？」

夏美說著，為大家的小酒杯斟酒。

「嗯，據說之前也有個疼愛的孩子。但是現在老是以『付贍養費實在累人』的玩笑話打馬虎眼。」

地藏先生話一說完，當場氣氛冷不防崩出一個沉默的大窟窿。

沏、沏、沏、沏……

鉦蟋刻劃出每一秒逝去的聲音，聽來格外接近。

我們下意識地不留絲毫間隔，不是舉杯就口，就是頻頻夾菜。

此時，不論是我、夏美或是地藏先生，腦子裡想的都是雲月先生離婚的事，莫名地就是說不出話來。而地藏先生感覺似乎也回顧起自己的人生路，視線有些遙遠。

想要轉換氣氛的夏美說著：「要不要拿點別的下酒菜過來？」一邊擠出開朗笑容時……地藏先生他，浮現一抹道盡地藏先生本色、非常平靜的微笑。

「我啊……」

剛起身的夏美又靜靜坐回去。

「很羨慕雲月先生呢。」

地藏先生掛著佛陀的微笑，手中小酒杯稍微一斜，用生酒濕潤嘴巴。

羨慕？

我們都無法揣摩這話的含意，沉默等候地藏先生再次掀動嘴唇。

「我也有兒子……只是身體變成這樣，連贍養費都沒辦法幫他付呢。」

地藏先生將手上的酒杯，喀一聲放到矮桌上，然後凝視還剩半杯的生酒。直徑約五公分的圓形水面，在日光燈的白光照耀下搖曳閃動。地藏先生嘴角再次浮現一抹淺淺的微笑。

我瞄了夏美一眼，夏美也看著我。

像這種時候，該對他說些什麼才好呢……

我萌生一股彷彿焦急，又像悲傷的複雜情緒，內心難以理出頭緒，於是直接化為陰沉的嘆息。只不過，還是有特別留意避免讓嘆息發出聲音就是了。

我聽見窗外鉦蟋的鳴叫聲，突然加入油蟬唧、唧唧唧的短促悲鳴。是被困在蜘蛛網裡或是怎麼了嗎？又或是在作夢說夢話呢……我的腦袋一隅想著這些，小口啜飲生酒。

打破沉默的人是夏美。

「我很想知道地藏先生的生平呢。」

那句輕盈的台詞從一個與現場毫不相干的地方，冷不防地被帶了進來。像在說「明天也能放晴就好了」沒有兩樣，感覺好輕鬆的說法。

面對夏美這句雲淡風清的台詞，地藏先生抬起臉龐，「啊哈哈」地笑了。

「我的生平，可沒什麼意思呢。」

「不會啦，才沒有什麼『沒意思的過往經歷』呢。因為每個人都活在連續劇裡面啊。就連我們班上的幼稚園小朋友，都有好多人生連續劇呢。對吧，慎吾？」

話題突然被帶到我身上，我只能含糊以對：「啊，嗯……」

真是對夏美沒轍耶……

我正深刻這麼覺得，地藏先生就笑著代我道出心聲。

「實在是對夏美沒轍呢。要說自己的生平那些，怪不好意思的。要是想聽，得讓我再多喝一點才行。」

「當然是ＯＫ的啊。」

夏美為地藏先生斟了一杯滿滿的酒。「要從出生開始說喔。」然後又古靈精怪地這麼要求。

地藏先生之後又數度確認：「是真的沒什麼值得一提的喔。」末了才一點一滴開始述說生平。

「我呢是獨生子，父親在母親懷我時就染上結核病死了。所以我呢，是母親一手拉拔長大的。」

地藏先生一開口就從感覺會讓人憂傷的點切入，但是他的表情卻反而顯得很平靜。

「是喔，算孤兒寡母呀。安奶奶那時候很辛苦吧。」

夏美回頭往內側房間瞄了一眼。那是安奶奶正在睡覺的房間。

「這話是真的。只是這村子以前的人更多，店鋪生意也比較好，所以窮歸窮，總算還過得下去。附近農家或親戚也常送吃的過來，我也會去河邊抓魚蝦幫晚餐加菜。」

「所以才會這麼瞭解河川的捕魚方法呀。」

「那時候是為了生活才去河邊。捕魚技巧自然而然就越來越拿手了。」

地藏先生露出似乎很珍惜本身過往一般的眼神，淡淡述說。

「我從來沒有見過父親，完全不知道他是什麼樣的人，但是呢，該怎麼說……總能感覺到一種親近感。」

「哪方面？」

夏美微微歪頭。

「名字呀。」

「名字？」

我一反問，地藏先生隨即緩緩點頭。

「我的名字『惠三』，據說是父親幫我取的呢。所以，這個名字可以說是父親的遺物。」

「名字是遺物啊……」

我這才恍然大悟，不自覺低喃。

仔細想想，也會覺得這世上很難有其他事物會比名字更能隱含父母深情。而且，名字不具形體，不會損壞也不會喪失。只要這麼思考，就會慢慢覺得好像沒有比這更好的遺物了。我的名字「慎吾」，有一天當父親逝世後，或許也會成為遺物……這麼一想，對於之前幾乎從未在意的名字，自然湧現一股深刻的親近感。

「真不可思議啊，直到現在只要被人呼喚『惠三』這個名字，總會覺得似乎與父親有所連結，自然而然就會萌生一股親近感呢。明明見都沒見過，還真是不可思議吶。」

哭點低的夏美說著：「好感人喔。」早早紅了眼眶。

既然地藏先生是獨生子，那麼惠三的「三」就不是「排行第三」的意思，而是數量的「三」囉。

我開口問。

「那惠三這個名字，意思是三個『惠』嗎？」

「是啊。」

地藏先生頷首，仰頭喝酒。然後，才彷彿很慎重地字斟句酌一般，一邊開始述說。

「『惠三』這個名字呢，聽說蘊含著父親希望我能蒙受三個恩惠的意思。」

「三個，恩惠……」

夏美自言自語似地低語。

「嗯。首先第一個恩惠是出生到這個世界上的喜悅。第二個是被父母疼愛的喜悅。而第三個就是與伴侶一起看到孩子幸福的喜悅。」

「是喔。真是意義深遠的好名字呢。」

夏美說著幫地藏先生斟酒，自己則開始喝麥茶。

「我自己也很喜歡這個名字。但是我是個不孝子，無法達成第三個呀……」

地藏先生說到這裡，「呼」地輕聲嘆息。

無法達成的第三項恩惠——與伴侶一起看到孩子幸福的喜悅。

地藏先生離婚了，所以無法實現。

「我以前也是身強體壯，很活躍的呢。所以那時候才會在工地工作。慎吾，知道船橋嗎？」

「知道。有個立志成為攝影師的朋友一個人住在那裡。」

「是嗎，我以前也住船橋呢。我就是在那裡討了老婆、結婚，然後生了個兒子。但是孩子出生後沒多久，我就被大樓建築工地事故波及，身體變成現在這個樣子。」

地藏先生是在工作時，被崩落的建築資材壓在底下，不僅脊髓多處損傷，甚至還有腦挫傷。

事故發生後有大概一個月的時間，他都昏迷躺在醫院接受手術治療，清醒時身體處於完全動彈不得的狀況。

在猛烈劇痛下無法動彈的僅止於右半身，左半身則是連疼痛都感受不到。

明明不痛，卻無法移動自己的身軀……

他對此現象隱約萌生不祥的預感，醫師隨即明確宣告。

「很遺憾的，您今後將會半身不遂。只是不同部位隨著復健程度，可能多少會恢復一些功能。」

聽到這惡夢般的宣告，仰躺的身軀被固定在病床上的地藏先生，只是淚流不止。當他哭泣時，淚水滴下滑落至耳朵，但是也只有右耳感覺得到淚水進到耳朵裡的搔癢。

為什麼唯獨自己要遭此橫禍？出生在缺少父親的家中，讓母親吃盡了苦頭，一路走到今時今日。好不容易長大成人、成家立業，也生了孩子，今後總算正要好好照顧家庭、孝順母親，想要幸福過日子的時候……

「那時候眼前真的是一片黑啊。來探病的母親總是一雙哭腫的眼睛，抱著寶寶的老婆也是眼看著一天比一天憔悴……那時候因為頭部始終被儀器固定著，只要張開雙眼就會看到同樣的白色天花板呢。滿腦子每天淨想著不好的事情……」

我忘了喝酒，想像當時的地藏先生與安奶奶。正因為是善良的地藏先生，比起自己的身體，一定更擔心安奶奶、太太還有孩子。

「就在一個出奇安靜的冬天日子裡呢。我茫然望著天花板時，發現到了一件事。我啊……」

地藏先生說到這裡，首度語塞。

「我啊……要是再這麼下去，不是會奪走老婆的第三個恩惠嗎……？名叫惠三的我，竟然奪走自己老婆這樣的恩惠，這我實在是……做不到呀……」

斗大的淚珠從夏美雙眼滑落。

臥病在床的地藏先生是這麼想的。只要成為身障者的自己存在一天，妻子與伴侶一起看到孩子幸福的喜悅……不就會被自己奪走嗎？

「就這樣，我自己向老婆提出離婚要求。老婆還年輕，還來得及重新來過吧。」

為了妻子與孩子的幸福……

「所以就，離婚……」

我的聲音沙啞。

「我好不容易才說服哭著說不想離的老婆，在住院期間瞞著媽媽，讓她跟我離了婚。她後來馬上就回娘家去了。那樣比較好。但是身體搞成這副德行，根本沒辦法寄生活費給公英呀。」

「公英？」

將揉成一團的面紙抵住鼻子的夏美，發出含著淚水的聲音。

「啊～我獨生子的名字。」

「怎麼寫？」

「那裡有筆記本跟原子筆，慎吾，可以幫我拿一下嗎？」

我將放在背後電話桌旁的筆記本與原子筆交給地藏先生。

地藏先生一筆一筆以蘊含感情的筆觸寫下：「蒲公英」。

「這要怎麼念？」

「就是Tanpopo（註15）啊。我是拿掉最上面的『蒲』字，取名公英。」

我此時突然想起一件事。腦海中浮現別屋玄關前被留下的三株蒲公英。

「原來如此，所以地藏先生才會這麼珍惜蒲公英呀。」

夏美似乎也想起相同的事。

「嗯。蒲公英呢，擁有遭受踐踏也能獨力再起的堅韌。而且，蒲公英也是深受大家喜愛的花呢。」

「原來如此。您的兒子也一樣有個好名字呢。」

「謝謝。聽到夏美這麼說，真開心啊。」

地藏先生雖然瞇起雙眼，但是似乎有一半的心仍徬徨於過去。

我想著那個名叫「公英」的人。

地藏先生的兒子，安奶奶的孫子……是什麼樣的人，現在住在哪裡呢？

就像地藏先生想到自己的名字，就覺得對父親萌生親近感一樣，可能的話希望公英對自己的名字也能懷抱同樣情緒，我在心中祈願。

「地藏先生我問你喔，你離婚後都沒再跟太太與兒子見過面嗎？」

「嗯。我覺得還是不見比較好呀。」

「但是，您其實是想見他們的吧。」

面對夏美的直球，地藏先生又說：「真是對夏美沒轍呢。」再次搔了搔他的芝麻鹽巴頭後，從一旁的束口布袋中抽出錢包。那與我去世奶奶之前用的一樣，是一邊珠扣式零錢包，緊貼的另一邊是鈔票夾的焦褐色舊錢包。

地藏先生從那個錢包中，輕輕抽出一張小小的照片，放到矮桌上。

「雖然決定不見面了，就只有照片還留著就是了。」

那是一張黑白老照片。邊緣已經破破爛爛，右側角落也有些破損。因為是年代久遠的沖洗照片，顯色都褪得差不多了，到處浮現褐色斑點。

即便如此，還是能清楚看出將新生兒抱在胸前的母親表情。寶寶睜著一雙水汪汪的

註15 即「蒲公英」，日文中漢字與中文相同，讀音為「Tanpopo」。由於在日本提及蒲公英時，幾乎不用漢字標記，而是以日文假名標記（たんぽぽ），故有此對話。

漆黑杏眼，準確地凝視相機鏡頭。

「您太太看來好溫柔。寶寶也好可愛喔……」

夏美瞇著泛紅的雙眼，微微一笑。

地藏先生沒有答腔，只以平靜的神情俯視矮桌上的照片。那視線似乎正遠眺著在照片另一頭延伸的當時風景。

然後，地藏先生發出像是蚊子叫的聲音。

「這畢竟、難受呀、實在是……」

我與夏美正認真窺視矮桌上的照片，聞言驚訝地抬頭望向地藏先生。

「家人分隔兩地，實在悲傷呀……」

地藏先生語尾嘶啞的聲音，完全奪走了我與夏美的話語。

不論鉦蟋、鈴蟲，又或是蟋蟀全都停止歌唱，整個山村籠罩在一片寂靜之中。散發皎潔光芒的月亮也西沉至山稜線上，窗外是一望無際的純然黑暗。

感覺上，好像就只有這房子被孤伶伶地遺留在深海底似的。

就在此時……

凜、凜……

風鈴發出鈴聲。緊接著，後山竹林彷彿某種生物隨之沙沙作響。夜風咻一聲迅速從窗戶鑽入，矮桌上的老照片飄然落至榻榻米。

我輕輕撿起照片想放回矮桌時，偶然間發現照片背面寫著字。

謝謝

看似以鋼筆書寫的藏青色文字，有部分因為相片紙遭受侵蝕而有所缺損。

「地藏先生，這是？」

我莫名地心跳加速，指向藏青色文字。

結果，地藏先生窸窸窣窣地搔著芝麻鹽巴頭，然後朝著夏美說：「不好意思啊，可以再幫我斟些酒嗎？」他喝了點夏美幫他斟的生酒含在嘴裡，彷彿細細品味似地末了才嚥下。

接著，他並沒有特別對誰，逕自開口述說。

「我呀……直到現在都不後悔跟老婆分手。但是啊，只有一件事讓我後悔……」

地藏先生仰頭將酒杯中殘存的生酒一飲而盡，緊接著俯視照片背面那兩個字，繼續說下去。

「我還是小鬼的時候，媽媽常對我這麼說，『惠三，真的很謝謝你，出生來當媽媽的孩子』。我是獨生子，父親又不在身邊，雖說是個孩子還是會覺得寂寞。儘管如此，晚上上床睡覺的時候呀，媽媽她總會這樣對我說，一邊撫摸著我的額頭呢。然後啊，我好像就覺得心情整個都放鬆了，也可以睡個好覺呢。」

夏美轉向安奶奶睡覺的內側和室，我也自然而然做出相同動作。還真像溫柔的安奶奶會說的話呢，我一邊這麼想。

「那時候雖說是個孩子，也懂得自己的存在，為媽媽造成負擔了。莫名地總懷抱著罪惡感……但是媽媽每晚都這麼對我說，我也因為這樣才得到了救贖。所以啊，我真正覺得後悔的……不是跟老婆分手……」

地藏先生說到這裡，深深吸了口氣。

「而是沒能跟我媽媽一樣，對兒子說出同樣的一番話來呀……」

所以，地藏先生才會以「至少在照片背面」的心情，寫下「謝謝」啊。這藏青色的兩個字，蘊含著「真的很謝謝你，出生來當我的兒子」的特殊含意呢。

我的視線回到矮桌上那兩個字，然後看向地藏先生。

我隨即大吃一驚。

地藏先生不論何時都應該會含著平靜笑意的雙唇，已經下垂成「ㄟ」字型。

地藏先生他，哭了。

隱忍著不發出聲音。

淚珠從他緊閉的雙眼，滴答、滴答滑落，然後掉到酒杯前方。

對照束手無策的我，夏美則是移到地藏先生身旁，來回輕撫他的背部。她將面紙遞給他，讓他拭淚、擤鼻涕。

「我跟你說喔，地藏先生……真的很謝謝你，與我們相遇。」

慘了，我才這麼想，卻為時已晚。因為我的眼頭頓時一熱，根本覆水難收，我急忙以指尖擦拭眼頭。

夏美的話讓地藏先生「啊哈哈」地破涕為笑，他接著以顫抖的聲音說：「不管是夏美還是慎吾，你們兩個真的都是好孩子啊。」

屋簷下的風鈴凜凜作響。

那過於悲切的音色如刺青般深深刻在我的心底，感覺上將會永生難忘。

之後，我們換了話題。

地藏先生頂著通紅的雙眼，跟我們聊河川遊樂、摘採山菜，還有捕捉細黃胡蜂又或製作水果酒等話題。

「雖然夏天就快過了，不過等到明年春天，你們可一定要來挖竹筍喔。」

「嗯，一定來、一定來。」夏美說。

「咱們家後山的竹筍特別好吃，所以從以前就被叫做『竹筍山』呢。」

「哇，好想吃吃看喔。」

我不自覺望向竹林那邊，眼神變得遙遠。

「要是來了，就教你們會大吃一驚的美味吃法喔。」

「什麼、什麼，那是要怎麼吃啊？」

夏美頂著通紅的雙眼，往矮桌探出身子。

「一開始呢，要先找還沒從土裡露頭的竹筍喔。所以得穿著分趾膠鞋（註16），專注於腳底神經一邊在山裡到處巡，感覺到落葉底下那一點點的突出，就找得到呢。」

「露頭的竹筍不行嗎？」

「施展這個獨門絕活時，是不能用露頭的竹筍。要是不在土裡，就不好吃了。你們就繼續聽下去吧。像那樣一旦發現土裡的竹筍，就得用耙子把周遭落葉全都撥乾淨。再來，就直接在那個竹筍的正上方生火。」

「咦？竹筍不用挖出來嗎？」

「嗯，不挖。簡單來說呢，就是悶燒在土裡的活竹筍。說到這個竹筍啊，最要緊的就是鮮度了。所以還活著的時候，直接加熱是最棒的了。」

「哇啊，好想吃吃看喔……對吧，慎吾？」

「嗯，感覺會好吃到不行耶。」

「那個啊，已經不僅僅是好不好吃的程度了。生火悶燒後，把竹筍從土裡挖出來剝皮的時候啊，就能聞到一陣甜玉米的香氣。一入口，熱呼呼的非常甜美呢。」

我不禁吞了口口水。

夏美也說：「慘了，這大半夜的，肚子又餓起來了。」眉尾下垂後嫣然一笑。她再次往矮桌探出身子。

註16 日文原文為「地下足袋」，是從同樣將母趾與其他四趾分開的分趾襪（日文稱為「足袋」）發展出來的傳統工作鞋。現今的日本男性也常於祭典、農務、園藝或勞動等場合穿著。

「地藏先生，你一定要守信用喔。明年春天要用那個獨門絕活，讓我們吃到好吃到不行的竹筍喔。」

「嗯，就這麼說定了。我會讓你們吃到會嚇一跳的好吃竹筍的。好好期待吧。」

「那我們來打勾勾，慎吾也一起。來，三個人一起喔。」

在夏美的催促下，我們三個在矮桌上勾住彼此小指。然後像孩子一樣，勾著小指唱誦信守諾言的誓約。

◇　◇　◇

數天後的早上，我比平常早起，五點就起床了。我帶著常用的Canon以及釣竿，躡手躡腳地步出別屋玄關。夏美還在被窩中呼呼大睡。

玄關前那三株蒲公英，花朵稍微縮了起來。但是爬行似地廣泛緊貼地面的鋸齒狀葉片，承載著滴滴朝露正熠熠生輝，看來很美。

仰望天空淨是一片綠松色，萬里無雲。

早起蟬兒開始高聲唱起吸引雌性的情歌，小鳥也聒噪交談，聽來分外忙碌。

我穿過空地，步下濕潤的林間坡面。

河灘上今天同樣洋溢著無以倫比的森林清爽氣息。我將釣竿放在鵝卵碎石上，盡情伸了個大懶腰。

頭頂三百六十度都有小鳥歌唱的音符翩然落下。河水潺潺流動、群樹葉片摩擦聲的柔和……

我心滿意足，直接穿著涼鞋嘩啦、嘩啦步入河中，拉起用來捕鰻魚的延繩看看。很遺憾地今天一無所獲。

我回收捕魚裝置放到河灘上，然後換揮動TENKARA手竿釣竿。儘管我數度嘗試將毛鉤甩進淺灘，卻完全沒有成果上鉤。

是不是得更早起，才釣得到啊……

就在我佇立於河灘上，考慮應該放棄繼續垂釣，還是嘗試改變毛鉤種類時，察覺視野一角有什麼在動。我反射性轉向那邊，發現下游那邊有個人影。

幾乎就在我發出「啊」一聲的同時，那人影朝我這邊走來。

是雲月。

他還是那身工作服加涼鞋的打扮，一走到我身邊，被埋沒在鬍鬚中的嘴巴便隨之掀動。

「技術有夠爛的耶。」

我思考著該如何回答，決定先打招呼再說。

「早……早安。」

「釣不到吧。」

雲月對我的招呼沒反應，不改作風地持續吐出無禮話語。

「釣不到。」

「給我。」

「啊？」

「竿子。」

我將那根從地藏先生那裡借來的TENKARA手竿釣竿遞給雲月。

「跟我保持五公尺以上的距離，一邊跟上來。」

一說完，雲月便走到盡量離河面有段距離的河灘上，往上游邁進。短暫溯行來到感覺有魚的地點，雲月隨即小心翼翼地往河流走近幾步，身子躲在大岩石陰影處，一邊前後甩動釣竿。

咻、咻、咻……

逆光中，那魚線劃出讓人心蕩神馳的優美弧線後，被抛進水面。

就在下個剎那，水面啪嚓一聲被割開，是毛鉤釣到魚了。雲月順勢使勁豎起手竿，直接迅速地將魚線拉近。

「要像這樣釣。」

一隻清流的箱根三齒雅羅魚在雲月手上活蹦亂跳。魚兒沐浴在新鮮晨光下，銀色鱗片閃閃發光。

「是怎麼釣到的啊？」

「因為我跟你不一樣，沒讓影子落到河裡。」

也就是說，別讓魚兒有所警覺的意思嗎？

「要不要試試？」

「啊，不了。與其那樣，想拜託您再幫我示範一次。」

「這魚呢？」

「請您放生吧。」

雲月走進淺灘，隨即輕輕將魚放生。然後，他走到往前一些的地點，再次揮竿。

這次可不會再錯失良機了。我趕緊拿好Canon，將逆光中呈現藝術感的揮竿手法，以快速的快門速度連拍下來。

雲月這次同樣是輕而易舉地釣上箱根三齒雅羅魚。他將魚鉤從魚嘴拿下來的同時，以粗嘎的聲音對我說。

「拍照片，得付模特兒費用給我。」

「啊……」

雲月無視於啞口無言的我，輕輕將魚兒放回河裡。

我正想對那背影道歉說「對不起」時，雲月回頭轉向我這裡咧嘴一笑。簡直就像不知打哪來的惡童一般。然後說：「笨蛋，開玩笑的啦。」

「啊……」

「我可沒窮到得跟小鬼敲詐。」

雖然只有一點點，但是我覺得似乎與雲月交了心，「噗哧」一聲笑出來。我接著說：「我把你拍得很帥耶。」一邊讓雲月看相機的機背螢幕。

雲月只是隨便一瞥，隨即沒好氣地這麼說。

「技術有夠爛的耶。」

「啊……」

「比起釣魚，多少強那麼一點點啦。」

雲月又展露那惡童的微笑。我明明被人耍得團團轉，莫名地受其牽引也「嘿嘿」地笑了。

喀吶、喀吶……一陣充滿哀愁的鳴叫聲，從上游乘著河風而來。

「是日本暮蟬啊。」

陽光刺眼似地仰望樹梢的雲月，如此低喃。曾讓盛夏萬分喧鬧的油蟬與鳴蟬，不知不覺中變成了少數。

「夏天就要結束了呢……」

「都已經九月啦。」

雲月嘟囔完這麼一句，隨即將釣竿塞給我。「原本是在散步的。回去了。」說著便轉身，往上游走去。

「剛剛謝謝您。」

我試著對那寬闊的肩膀這麼說，果不其然沒有回答。

我從河灘走上來，一回到「竹屋」正好看到店門前的公車站牌，有輛奶油色與暗紫色的雙色公車剛到站。暑假結束、昨天開學的拓也與小瞳背著書包正要上公車。站在店門前的地藏先生，笑吟吟地以財神爺般的笑臉凝視他們。

公車一開動，拓也與小瞳就從同扇車窗一齊探出臉龐，笑著說：「我們走囉。」一邊神采奕奕地揮手。

「在學校，要開開心心的喔。」

地藏先生也對他們揮手。我見狀也一起揮手。

地藏先生始終目送他們，直到那輛往山下開往市區的公車拐過第一個彎道，看不見為止。

一回到別屋，夏美已經換好衣服。

「我回來了。剛剛在河邊呢……」

碰見雲月先生囉……我話還沒說完，夏美很罕見地插了嘴。

「死掉了啦。」

「啊？」

這唐突的話語讓我不禁如此反問。

因為背甲是藍色的不能吃，所以開始飼養的漢氏澤蟹。夏美整個夏天都對牠疼愛有加。

「嗯，Lucky牠……」

「死了？」

「咦，為什麼？明明都有好好餵牠呀。」

我說著窺探金魚缸，Lucky的確已經死在裡面了。以難看的姿勢蜷曲著腳。

「你仔細看看。牠的身體啊，變得軟趴趴的耶。」

「是想脫皮，結果失敗了嗎？看來軟趴趴的部分就是沒完成脫皮的殼喔。」

夏美「唉～」地重重嘆息後說：「得幫牠做個墓才行。」同時望向我。

Lucky的墓地，被我們做在後院角落。說是「做」，其實也只是挖個洞，將屍體埋進去，放上小石頭而已。

夏美以嚴肅的神情雙手合十後，隨即對一旁的我低喃這麼一句話。

「夏天就快結束了呢……」

那天下午，夏美拚命消化用紙箱帶來的幼稚園準備工作。

我則莫名地以茫然若失的心情顧店。但是這天，不管我等了又等、盼了又盼，就是沒有半個顧客上門。

傍晚，當整座山村被包裹在暮蟬的哀鳴中時，途經這裡的都會情侶將店頭賣剩的最後一組「玩具煙火組」買走了。

店裡所有的夏天氣息全都消失了。

我總覺得坐立難安，於是將懸掛在緣廊屋簷下的風鈴，移到店門口的屋簷。

我再次坐進收銀台的椅子，想著初次來到「竹屋」的情景，一邊持續茫然凝視著重新掛好的風鈴。但是不論我怎麼等，就是等不到那陣為我吹動風鈴的風。

吃晚餐時，我們的情緒也有些萎靡不振。

「想到從明天開始，又剩我們兩個孤伶伶的，就覺得寂寞呢。」

安奶奶將筷子放到飯碗上，感慨萬千地說。

「這是真的啊。就像要跟子女離別一樣呀。」

地藏先生今晚也沒怎麼吃。

「安奶奶、地藏先生，拜託你們了，明天絕對不要哭喔。我絕對會跟著一起哭的。」

光是聽到夏美這話，我就已經很想哭了。

安奶奶早早濕了眼眶。

「現在就哭太早啦。得忍到明天才行，不能浪費淚水呀。」

地藏先生出言嘲弄安奶奶。

安奶奶寂寥一笑，一邊開玩笑說：「畢竟是老人家呀，不論什麼都很快就枯乾了呢。」接著再次眼眶泛淚。

「但是，說真的啊……」地藏先生沉重嘆息似地這麼說。「這個夏天如果都不會結束就好了呀。」

那句話無疑道出當場四個人的共同心聲。

暑假的最後一頓晚餐，就像這樣在酒也沒喝的情況下安靜結束。

餐後，我與夏美照例出門到附近的溫泉旅館「月夜見莊」。我們悠閒泡完露天浴池，向這一個多月以來對我們多方關照的老闆娘致謝後，回到「竹屋」的別屋。

當臉色大變的安奶奶衝進別屋來時，我們連頭髮都還沒乾。

玄關拉門喀啦一聲被拉開，隨之響起安奶奶急迫的叫聲。

「慎、慎吾，惠三他在走廊……」

我與夏美被安奶奶這非比尋常的聲音嚇得整個人彈起來，緊接著飛奔出玄關，往主屋走廊跑去。

「地藏先生！」

最先大叫的是夏美。

就在之前放煙火的緣廊前方不遠處還有一條走廊，只見地藏先生面朝下趴在那裡。他的雙手軟弱無力地垂在身體兩側，看來倒下去時，雙手並沒有做出直覺防護動作的跡象。

「夏美，叫救護車！」

我大叫後蹲到地藏先生身邊。

保持冷靜、要冷靜。

我這麼告誡自己，望向地藏先生撇向一邊的臉龐。他雙眼緊閉，有流出點鼻血。說不定是倒下去時的撞擊所致。我輕輕碰觸他的頸部，還有體溫，也有脈搏。食指伸向他的鼻子前方，也能感受到微弱氣息。

隱約可以聽見夏美在起居室裡的聲音。好像已經打了一一九，正在說話。

「安奶奶，快告訴我這裡的地址。」

原本驚慌失措地在走廊上徘徊的安奶奶，急忙跑向起居室。

庭院草叢傳出蟋蟀濃密的鳴聲。

後面的竹林也沙沙喧鬧。

地藏先生……

我只能深深祈禱。

三十分鐘過後，這深山中的窮鄉僻壤從遠方傳來救護車的鳴笛聲。

第三章

相羽慎吾之「淚」

從大學回到公寓時大概晚上六點。

我隨便沖了個澡換好衣服，立刻將外宿兩晚需要的T恤與貼身衣物，塞進輕便的旅行用背包。

一打開電視，傍晚的新聞流洩而出。

剛好開始播天氣預報，所以我鼓著腮幫子大啖超商買來的可樂餅麵包，同時緊盯著畫面。

預報說，今晚開始連續兩天都是秋高氣爽的大晴天。

氣溫聽說會上升至三十度。

當我用咖啡牛奶，將感覺快哽在喉頭的麵包沖下去時，外面傳來熟悉的轟轟排氣音。緊接著是一陣由遠而近，步上戶外階梯的輕快腳步聲，房間門鈴隨即響起。我才回答：「門沒鎖喔。」一手拿安全帽的夏美立刻說著：「路上比想像中的還塞耶。」一邊推開房門。

「慎吾，準備好了嗎？」

夏美佇立在玄關這麼說。

「還真的是剛準備好。」

我關掉電視，確認瓦斯總開關關好、窗戶緊閉後，將背包背到肩上。

「嗯，那走吧。」

「嗯。」

兩人坐進「Wagon R」。我們開出家門前的狹窄巷弄，上了國道。現在正好是下班塞車時段，國道塞得很嚴重。

當我們開上京葉道路，駛過江戶川，進入千葉縣時，秋天太陽已經完全西沉，取而代之的是渾圓的月亮，懸浮於夜空中散發幽光。

「慎吾，不覺得今晚的月亮很大嗎？啊，對了，今天是中秋名月（註17）吧？」

夏美維持背部陷入副駕駛座的姿勢，轉頭向我。

「嗯，剛剛的新聞是這麼說的。」

註17 日本當地也有過中秋節的習俗，日文稱之為「中秋名月」或「十五夜」，賞月時會一邊品嚐如月見糰子、毛豆或栗子等。

「就算是中秋，這月亮還真大耶。是因為中秋名月才這麼大的嗎？月亮呢，不是會有看起來很大、跟看起來很小的時候嗎？跟地球的距離應該沒變呀。這是為什麼啊？」

夏美拋出一個單純的疑問。我並不討厭這樣的她。

「地球跟月亮的距離，其實並不是固定的喔。因為月亮是順著橢圓形的軌道轉動的。」

「咦，是喔？」

「嗯。所以純粹是因為距離不一樣，在不同的日子裡，有時候看起來比較大、有時候看起來比較小。」

「欸～我以前都不知道耶。」

「不過，月亮有時候看起來會比距離差異影響來得大，那種時候呢，正好像現在一樣是月亮位置比較低所造成的。如果月亮附近有建築物的陰影、山啊、群樹之類的比較對象物，也會因為眼睛的錯覺看起來比較大喔。」

「那就是說現在看到的大月亮也一樣，慢慢升到頭頂上的時候，就會看起來比較小囉？」

「就是這樣。還有呢，所謂的『中秋名月』意思是說月亮、地球與太陽呈現最佳角度，能欣賞到更閃耀月光的日子喔。所以，並不是月亮大小的問題。」

「欸～這樣啊。我又長知識了耶。慎吾你啊，在這些意外的方面還蠻博學嘛。」

看到夏美衷心佩服的樣子，我「噗嗤」一聲笑出來。

「嗯？你笑什麼啊？」

「那些名月知識，是剛剛看天氣預報姊姊播報，現學現賣的啦。」

「什～麼嘛。虧我還誇你耶，感覺好像吃了虧。」

夏美笑著，用手肘戳我的肩膀。

「不過我本來就知道，月亮看起來比較大的原因喔。」

「本來就知道？」

我使勁全力將瞬間哽在喉頭的話語擠出來。

「是地藏先生教我的……」

「是喔……」

夏美就這麼呢喃了一句，然後專注凝視懸浮於前方的滿月。月亮懸浮於京葉工業區正上方，大到讓人覺得不可思議。

「是他教我，月亮是因為眼睛錯覺，才會有看起來比較大的時候呢……」

「嗯……」

「地藏先生那時候說了很棒的話喔。」

「欸？地藏先生是怎麼說的？」

「他說人呢，要拿什麼跟什麼比較時，總是會產生錯覺。所以，還是別拿自己跟別人比較才好。」

夏美仍舊面向前方，靜靜注視月亮。

我自顧自地繼續說下去。

「一旦跟別人比較，就只會專注於自己的不足，然後忘記自己所擁有的。我真的很能瞭解這一點耶。」

地藏先生致贈的話語，對於老是因落後攝影學系同學而焦慮的我而言，真的就是魔法的話語。

以前的我，拍照時只會與他人比較，滿腦子只想著要脫穎而出。所以不論再怎麼按下快門，都無法拍出痛快俐落的作品。但是自從地藏先生教我「別跟他人比較」後，我的意識確實逐漸改變。只是簡簡單單的，沉浸於本身感性中拍攝出最好的照片……我後來變得能全力傾注於這件事情上。

結果發現，我所拍攝的照片眼見也越來越有自己的味道了。姑且不論作品好壞，我開始能對自己按下快門所裁切下的瞬間風景，懷抱真切眷戀。簡言之，攝影這件事本身，慢慢像以前一樣能讓我打從內心快樂起來了。

「看吶，慎吾，我們被後面的車子閃燈咧。」

「欸……？」

我茫然地開在超車道上，隨即被後面的ＢＭＷ閃燈催促。我急忙轉動方向盤，開回一般車道。早就很不耐煩的ＢＭＷ見狀，立即以猛烈速度超車。

「別跟別人比，啊。的確，別人家的草坪看來總是比較翠綠呢……」

夏美盯著ＢＭＷ越來越小的車尾燈這麼說。

「嗯，看來就是會翠綠到不可思議的地步呢。」

很羨慕雲月先生呢～

我想起那個夜晚，地藏先生吐露的哀痛話語。

即便是內心沉穩如地藏先生，仍然有過因為與他人比較而痛苦不已的經驗呀。

有過……？我察覺自己竟以「過去式」在思考，胸口附近變得苦悶難安。結果那種苦悶難安的心情似乎會傳染似的，連夏美也發出沉鬱音色。

「安奶奶她，要不要緊啊……」

「電話裡都說自己很好就是了。」

她的確是這麼說的，但是她的語調總透露出莫名的不安。所以我們才會像這樣，在大學課程與工作結束的周五晚間驅車前往「竹屋」。

兩週前，地藏先生倒下去的那個晚上……

我們分別搭乘救護車與「Wagon R」，前往市民醫院附屬的急診室。那棟五層樓的醫院，就在我與夏美購買日翻式月曆的那間DIY家居賣場隔壁。

抵達醫院時，地藏先生已經陷入昏迷。緊急檢查的結果發現，是腦部長出的動脈瘤破裂。

院方後來又做了好多項的追加檢查，隔天雖然動了開腦手術，但地藏先生仍然沒能康復。

主刀醫師請安奶奶到另一個房間去，這麼坦承相告。

「非常遺憾……關於令郎今後恢復意識的可能性，請視為幾乎趨近於零。」

如今，地藏先生的身體被插進各式各樣的管子，實施維生醫療措施。不論安奶奶再怎麼哭著對他傾訴，都不曾從昏迷狀態中甦醒。

地藏先生倒下後，安奶奶就開始獨居。

據說她獨處後，沉浸憂思的時間多了起來，滿腦子只想著不會再甦醒的兒子。最難受的是，就算安奶奶想去探望兒子，卻因為沒車不能去見他。就算搭公車下到市區，醫院也無法從那個公車站步行抵達。當然，她手頭也沒寬裕到每次都能搭計程車來回。

我與夏美各自有大學的課程以及幼稚園的工作要顧，雖然暫別「竹屋」，但是幾乎每天都會打電話給安奶奶。話筒另一頭的安奶奶，總竭盡所能地以開朗音色這麼說。

「說真的呀，一個人吃飯，一點味道都沒有啊。」

所以，我與夏美都想陪她一起吃飯。最重要的，還是想讓安奶奶與地藏先生見面。

儘管想拜託拓也與小瞳的父母送安奶奶往返醫院，但是他們也有田裡的農務、酒鋪的營業還有養兒育女等事情要忙。雲月則是個被交貨期限追著跑的職業佛雕師。大家各自有每天的生活要過，所以只能在那樣的生活中，利用短暫空檔來照顧安奶奶。

當然，我與夏美都瞭解那也是無可奈何的。但是說老實話，我也會焦急地心想「難道不能稍微放下自己手邊的事情，辛苦一點稍微多幫點忙嗎」。

不久前，夏美趁幼稚園的創設紀念日休假，獨自騎車到「竹屋」留宿。後來雖然能與安奶奶一起吃飯，卻無法載她到醫院去。因為，安奶奶很怕坐摩托車。據說不論夏美如何費盡唇舌解釋：「我會安全騎車，沒問題的」，她還是持續搖頭拒絕。

「您為什麼會這麼怕呢？」

夏美一詢問理由，安奶奶隨即以由衷傾訴般的眼神這麼說。

「奶奶的堂兄弟呀，就是因為摩托車事故死的，所以很怕啊。而且呀，要是奶奶有個什麼萬一死了，就沒人照顧那孩子了。所以，坐摩托車是不行的呀。夏美，難得妳跑這一趟，真是抱歉啊……」

所以，我與夏美現在才會開著能讓安奶奶安心搭乘的「Wagon R」，前往「竹屋」。

當我們開下館山高速公路，利用一般道路開往山區時，副駕駛座的夏美突然發出「啊」的一聲。

「怎麼了？」

「月亮。你看，比剛剛稍微小了一點耶。」

隨著位置越接近夜空正中央，原是暖色系的月亮也逐漸偏白，亮度大幅增強。而且，的確比剛才看起來稍微小了一點。

「今天的月亮，也很棒呢……」

「是啊。」

我一如往常地輕踩油門，腦中想的是出現在地藏先生與安奶奶之間這該死的距離。

◇　◇　◇

今天睽違已久再次在「竹屋」的別屋中，迎接清晨的到來。

「早～安！」

我朝氣蓬勃地打招呼，一邊跟著夏美進入主屋時，安奶奶人已經在廚房幫我們準備早餐了。

「啊呀，安奶奶，我來幫忙啦。」

夏美說著站到安奶奶身旁。

夏季期間每天都看得到的光景，兩人並肩而立的背影……我感觸良多地眺望兩人，同時覺得記憶倒轉回一個月前。總覺得，現在探頭往起居室那邊一看，就能看到坐在矮桌旁的地藏先生笑著對我說：「早安。今天也有個美好的早上呢。」

但是現實卻是沉重又無情。定神凝視，不僅感覺到安奶奶的背影在這半個多月又小了一圈，這整個家也有種彷彿蒙上一層薄薄塵埃似的淒涼氣息正緩緩沉澱。

即便如此，當我們三人圍坐在矮桌旁時，安奶奶似乎又稍微打起了精神。她一而再、再而三地向我們致謝：「真謝謝你們，特地為了我跑來啊。」然後總要我們再添碗飯，希望我們多吃一點。

洋溢著森林氣息的美好和風，從窗外吹了進來。後山竹林照例對風有所反應，發出葉片摩擦的沙沙聲響，生鏽的風鈴同時奏出凜凜的清涼音色。

世界仍舊若無其事地運轉著，甚至反而讓人覺得地藏先生人不在這裡很不可思議。

早上，我們幫忙清掃店鋪與住家，結束後就到拓也家的酒鋪打招呼。負責顧店的美香太太說：「我們家也很忙，沒能好好照顧安奶奶……真的是很對不起呢。」滿臉淨是內疚。

眼見非親非故的我們特地從東京過來，想帶安奶奶到醫院去，畢竟覺得心虛吧。過來打招呼只要沒被誤認為是來挖苦對方的，或許就該覺得慶幸了。

「不會，反正我們很閒。」

我盡可能以輕鬆語調這麼說，將買給拓也與小瞳的玩具交給美香太太後，隨即步出店外。我的真心話其實是「誠心拜託你們多照顧安奶奶呀……」，遺憾的是我們還沒粗線條到能若無其事地說出這句話來。

一走出昏暗的酒鋪，雙眼不禁瞇起。

秋高氣爽的晴朗山村，洋溢幾乎刺眼的透明光芒。仰望高遠的秋季天空，只見無數紅蜻蜓漫天飛舞。

「這蜻蜓的數量還真不得了耶。」

夏美將手放在額頭上方遮陽，一邊朝「竹屋」邁開腳步。

「嗯。光這麼一看，應該也有兩百隻吧。」

我也在她身旁，以鄉村步調悠閒前進。

「但是這些蜻蜓，到了冬天就會全部死掉吧……」

「唔，說得也是……」

「出生到這個世界上來，幸不幸福啊？」

「妳指什麼？」

「蜻蜓呀。」

面對夏美唐突的疑問，我並沒有現成的適當答案。所以回答反而變成了問題。

「說到底，那所謂的『幸福』又是什麼呢……？」

夏美仰望蜻蜓漫天飛舞的青空，有一陣子就思索著「到底是什麼呢」。然後她突然「哈」地一聲發出輕快嘆息，隨即望向我。

「嗯？怎麼了？」我說。

「所謂的『幸福』呢。」

「唔……」

「或許很單純地。」

「唔。」

「就像這樣吧。」

夏美突然握住我的手。

我們後來就稍微大幅擺動雙手，一邊邁步向前。

手一旦大幅擺動，步幅也自然變大。我感覺得到夏美手掌的溫度以及柔軟的觸感……正一陣陣地觸動我的「心緒」。

「的確，是很單純的吧……」

走在這個只有群山、田地與水田的安靜山村小徑時，手擺動到這種幅度，就能讓心情開朗起來，或許也不錯。

前方突然吹來一陣軟綿綿如同棉花觸感的風，輕巧拂過我們兩人的頭髮。

「很舒服的風也是幸福呢。」

夏美面向前方說。

「嗯。」

「地藏先生能與安奶奶相會，也是幸福。」

「嗯。」

「那麼，蜻蜓呢？」

「蜻蜓啊……」

我仍然窮於回答，只好仰望天空。

「正確答案是，光是在天空飛舞就是幸福。」夏美說。

我笑了。

「什麼嘛，知道正確答案的話，一開始就別問啊。」

「人家也是現在才發現的嘛。」

夏美也笑了。

所謂的「幸福」，還真的是這種感覺呢……我邊想，更大幅擺動彼此握著的手一邊往前走。

回到「竹屋」後，三人吃了麵線，安奶奶接著打電話給雲月先生。她是想找據說至今還沒能去探望地藏先生的雲月一起去醫院。

掛上電話約十五分鐘後，雲月在「竹屋」現身。我們一看到他的打扮，瞬間目瞪口呆。

「怎麼回事啊，那身打扮？」

我不禁這麼問出口。

「蛤？」

還是一臉不痛快的佛雕師，惡狠狠瞪我一眼。

「啊，不是啦，那個……只是覺得今天不是穿工作服啊……」

「到底有哪個笨蛋會穿工作服去探病啊！」

穿著一件小不啦嘰的黃色T恤以及直筒牛仔褲的雲月，大概是害臊吧，發出發怒般的聲音。

「說……說得也是耶。對不起。」

我縮著脖子道歉。我這副樣子大概很可笑吧，安奶奶與夏美都咯咯發笑。

坐進「Wagon R」時，雲月皺著眉頭抱怨：「什麼東西啊，這車窄死人了。」儘管如此，我終究沒膽回嘴說「那開你的車子去啊」。要是真說出口，應該會很爽快吧。

我讓安奶奶與雲月在後座坐好，夏美也在副駕駛座就座後，便發動引擎。

出發沒多久，車子便開進了宛如九彎十八拐的山路。

車子駛過夏天期間承蒙關照的溫泉旅館「月夜見莊」之後，人力挖掘的細窄隧道隨即在眼前出現。那是一條要是碰上對向來車，就無法會車的陰暗狹窄隧道。不久後，可見沿著道路流動的溪流。我回憶起地藏先生指導的河川遊樂，還有夏天的河風氣息，胸口一陣緊縮。

車上載著安奶奶，所以我緩速前進。就連夏美，今天也沒說什麼「全速前進吧」。

車子彷彿在山路爬行似地徐徐下行，眼下俯視的群樹的另一頭逐漸出現藍色海洋。海洋前方可見井然有序的小巧市區。

越接近地藏先生所在的醫院，大家開口的頻率隨之慢慢減少。

一進市區，我讓車子滑進ＤＩＹ家居賣場隔壁的醫院專用停車場。

一行人在停車場下車後，由安奶奶打頭陣，往白色建築物走去。一穿過自動門，撲鼻而來的是綜合醫院獨特的氣味。那是種混雜各式各樣藥品，還有遭受病魔侵襲的人們體臭的氣味。

我們搭乘電梯，來到地藏先生位於最高樓層的五樓病房。病房就在ＩＣＵ（加護病房）隔壁，據說是專為重症病患設置的特別病房。那間滿是醫療器材與護理師、氣氛森嚴的房間，與其說是病房，感覺上稱之為治療室可能比較適當。室內永遠充塞著嗶、嗶、嗶的電子音，又或彷彿漏氣般噗咻作響的機器音。

地藏先生就躺在最內側的右手邊床位。

安奶奶走近那張床，悄悄窺探地藏先生的臉龐。我、夏美與雲月則以戒慎恐懼的感覺，越過安奶奶的肩頭望向地藏先生。

我從夏美僵硬肩膀的動作，察覺到她倒抽了口氣。

我也咕嚕一聲嚥了口口水。

地藏先生的頭部被繃帶繞了一圈又一圈，看了讓人心疼。他的鼻子與咽喉都連接著管子，兩腳小腿為預防「經濟艙症候群」以加壓帶纏繞。另外還有如血壓、脈搏計測裝置，以及外行人看不出用途何在的各種粗細管子，從白色被單延伸出來，各自連接著外部裝置。

雙眼緊閉的地藏先生，嘴部由於插著一根粗管所以開開的。他的嘴唇看來蒼白乾燥，但是臉色卻偏粉紅色，甚至有種透明光澤，反而讓人覺得不自然。臉龐整體看來偏腫，是投藥造成的浮腫吧。

地藏先生的床頭邊放著嗶嗶作響、顯示心跳的螢幕。心臟的確正在跳動啊。仔細一看，蓋著被單的胸口周遭正緩緩起伏。在呼吸呀。然而，這只是憑藉機器的力量強制將空氣打進去罷了。

「惠三，看看吶，大家都來看你了呢……」

安奶奶對已經不會再回答的地藏先生如此傾訴，一邊想要輕輕握住他的手。但是他的手背插著點滴針，不能碰觸他。

「地藏先生，您聽得到嗎？我是夏美啊。慎吾他……也來了喔。」

夏美也出聲道，但是語尾卻因淚聲而顫抖。

我伸手輕柔摩擦她纖瘦的背部。結果卻反而像觸發了什麼開關，夏美雙眼隨之迸出斗大淚珠，在地藏先生身上的純白被單滴出點點淚痕。

「看吶，惠三，你倒是對夏美說些什麼啊……」安奶奶把臉貼近了地藏先生。

「地藏先生……不是約好，明年，要指導我們去挖竹筍的嗎……」

將手帕抵在鼻子下方的夏美嘟囔。

身材嬌小的安奶奶緩緩回過頭來，仰望夏美。平常就已經佈滿皺紋的臉龐，感覺上皺紋越來越多了。她眼眶含淚，一邊用雙手握住夏美的手。

「真是對不住啊，夏美……」

「為什麼……安奶奶您要道歉呢……安奶奶您，才是……最難過的人啊……」

夏美持續落淚，也用雙手回握住安奶奶的手。夏美白皙的雙手，溫柔摩擦那佈滿皺紋的小手。

我只能楞楞地呆站在兩人身後。

我連溫柔地對再也不能動的地藏先生說句話都做不到，也無法對哭泣的安奶奶說些貼心話。

眼見地藏先生變成這副樣子，竟然流不出一滴淚來。光是要去接受橫躺在眼前、連接著維生裝置，「所謂『地藏先生』這副肉體的存在」，或許就已經讓我的內心呈現飽和狀態了。

又或者，我原本就是個內心冷漠的人嗎？就連那個雲月先生，可怕的雙眼都已經含著淚水了……

過了一陣子，等到夏美稍微平靜下來以後，安奶奶便屈身挨近地藏先生臉龐低喃。

「真是的……比媽媽先變成這副樣子……這孩子，真是不孝啊。」

就在此時，我的背後響起充滿意志力的粗嘎聲音。

「奶奶！」

就這麼一句……是雲月說的。

安奶奶靜靜回頭，仰望雲月。

雲月不發一語，專注凝視安奶奶，只是緩緩地左右搖頭。

再怎麼樣，都不能說地藏先生不孝……

儘管沒有化為言語，雲月的想法表露無遺。

安奶奶以佈滿皺紋的雙手摀住臉龐，噤聲哭泣。

嗶、嗶、嗶、嗶……

噗咻、噗咻、噗咻、……

機械的固定節奏充塞整個白色房間。

安奶奶噤著聲的啜泣，成了房裡唯一、含著暖意的聲音。

◇　◇　◇

從醫院回到「竹屋」後，安奶奶對雲月出聲。

「大家難得相聚，雲月先生也來家裡喝杯茶吧。」

她一如往昔地發出爽朗聲音。

「啊，不好意思耶。」

四人於是步上起居室，啜飲焙茶。

「對了、對了，秋天茄子的米糠醬菜醃得很好，大家吃一點嚐嚐味道吧。」

安奶奶到廚房切了米糠醬菜以小碟盛裝後，又回到矮桌這邊來。

「來，慎吾也吃吧。很好吃的喔。」

安奶奶彷彿想抹在去醫院啜泣的那一幕，表現得很開朗。但是安奶奶的舉止越是開朗，我們胸口那苦澀的沉積物似乎就隨之越堆越高。

過了一會兒，夏美再次往茶壺裡倒熱水，泡第二泡時，盤著腿的雲月靜靜將雙手環抱於胸前。

「奶奶啊。」

安奶奶望著雲月。

「可能是我多管閒事。」

「……」

「但是，地藏先生的事，要不要跟那個人說呢？」

那個人？

我與夏美面面相覷。但是對於安奶奶而言，「那個人」似乎道盡了一切，只見她佈滿皺紋的臉龐剎那間變得毫無表情。

雲月專注凝視著沉默的安奶奶。感覺終於投降的安奶奶，不久後便移開視線，如此低喃。

「沒必要、特別去說呀。」

「這樣好嗎？」

「也沒有所謂的好不好呀……」

「那可是生下您孫兒的人喔。」

聽到這裡，終於得到提示。我與夏美四目相接。「那個人」就是與地藏先生分手的妻子啊。

「事到如今再見面，又有什麼意思呢……」

安奶奶仍然不願迎視雲月的視線。

「奶奶您呢，可能不想見面沒錯。但是地藏先生呢？請您想想這一點吧。」

安奶奶的眉間出現了深深的皺紋。這還是我們頭一次看到安奶奶出現這麼可怕的表情。

「奶奶啊，現在都什麼狀況了。請您別再意氣用事，去通知對方吧。」

雲月的聲音隱約透露憐憫之情。

我與夏美都無法插話，只能沉默看著兩人對話。

就在此時，店頭傳來澄澈音色。

凜、凜……

是那個生鏽的風鈴。

後山竹林隨即嘩然喧鬧。

帶著森林氣息的風，從敞開的窗戶流洩進來。

「那個人吶……」安奶奶凝視茶杯內側，同時開口說。「可是在惠三住院時，拋棄惠三的人呢。這次，絕對也會冷漠以對的啊……」

「這話就不對了，安奶奶……」

沒聽雲月說完，安奶奶便開口打斷。

「你只是個外人呀。拜託別干涉我們家的問題呀。」

意想不到的強硬口吻。我們甚至從未想像過，那個溫和的安奶奶嘴裡會吐出這般尖銳的話來。

「這件事，跟你沒有關係……」

安奶奶仍然盯著茶杯內側，彷彿在說服自己，再次如此低喃。

雲月仍然雙臂抱胸，靜靜閉上眼。他的眉頭緊蹙。

老舊的掛鐘，滴答、滴答刻劃出時間的流逝。

夏美望著我，困惑的眼神訴說著「怎麼辦……？」我只對她微微左右搖頭。因為我怕她介入兩人之間，不自覺說出什麼不負責任的話來。

不久後，雲月倏地睜開雙眼。

「奶奶說得沒錯。我只是外人。不過，現在地藏先生就像那樣開不了口。有能力去推敲地藏先生心情的……就只剩下奶奶您，他的母親了。」

雲月言盡於此，靜靜起身，交互俯視我與夏美。他低頭看向我時，視線穩穩停駐在我身上。然後雲月他，竟然對我輕輕頷首。

拜託你了……

感覺上，似乎被他這麼請託。

我也反射性地默默頷首以對。

雲月走過始終低著頭的安奶奶背後，朝起居室出口那邊去。他在收銀機後方的土間穿好鞋，隨即頭也不回地步出停業中的店鋪。

我們三人被留在起居室中，有好半晌誰都沒說話。

滴答、滴答……一絲不苟地刻劃出時間流逝的掛鐘聲音，聽來格外響亮。

「茶，都涼了耶。要重泡嗎？」

夏美率先幫忙開了口。

然而，安奶奶只是深深嘆口氣，沒有回答。

「安奶奶，茶再泡過吧？」
夏美體貼地再說一次，正要伸手去拿安奶奶的茶杯時……筋疲力竭的聲音墜落矮桌上方。
「奶奶，今天也累了……不好意思，讓奶奶去歇會兒吧……」
安奶奶有氣無力地起身後，便消失在作為臥房的內側和室中。
被留下的我與夏美，於是慢吞吞地回到別屋。
我們本來打算今晚也留宿，明天週日再帶安奶奶去探望地藏先生。只是看這情況，根本無法預料之後會如何演變。
我們倆並肩躺在夏季結束後，變得空蕩蕩的榻榻米房間正中央。不過才半個月前都還住在這裡的，不論是天花板的污痕又或殘存昭和風情的日光燈燈罩，現在看來都讓人格外懷念。
「怎辦啊。」
我對著天花板呢喃。
「會不會是，安奶奶她不知道是地藏先生自己要求離婚的呢？」

「可能，吧……」
從剛剛的對話推移，這種可能性非常充分。
如果說，安奶奶真的不知道地藏先生離婚的真相……那麼或許是地藏先生刻意隱瞞的。那麼，其中理由何在？唯一能想到的，就是地藏先生決定離婚時，覺得要是對安奶奶說明為什麼離婚，會遭到安奶奶反對……
又或是……假設安奶奶顧慮到成為身障者的地藏先生心情，沒追問離婚原委……那麼地藏先生單純就只是沒必要非說不可而已了。
只是，不論如何……
「不論如何，雲月先生也真是的，我們畢竟是外人啊。所以……」
「所以，要放著不管囉？」
仰躺的夏美翻成側身，望向我這邊。
「怎麼會放著不管呢。只要是做得到的，當然都想為他們多做一點啊。只是，外人到底可以介入多深……該怎麼說呢，這實在很難拿捏分寸……更何況，以前都沒看過安奶奶說出那麼尖銳的話耶。」
「是喔……說得也是啦。但是，我呢……」夏美靜靜起身，抱膝而坐。然後俯視仍然躺在地上的我，一邊這麼說：「覺得安奶奶她，應該要知道地藏先生的離婚真相比較好。」

「為什麼？」

「因為知道了，誰都不會受到傷害啦。要是分手的太太，事到如今還被安奶奶憎恨，那是多麼荒唐又可憐的事呀。而且對於安奶奶來說也是，這世上少了憎恨的對象，不是比較好嗎。」

夏美的理論聽來言之成理。

「的確如此耶……但是如果由我們插手，去說什麼安奶奶，讓我們來告訴您離婚的真相吧，那會怎麼樣呢……要是只有自己一個人被瞞在鼓裡，不會感覺很受傷嗎。相反的，說不定她早就想當然爾地知道這件事了。如果本來就知道，我們插手才真讓人覺得多管閒事吧。還有，我一直很耿耿於懷的是，地藏先生跟我們說離婚那件事時，的確說過是『瞞著媽媽離婚』的吧。結果由我們來揭露真相，到底合不合適……」

「但是啊，事到如今，知道這件事也算是好消息，不是嗎？」

「唔，那倒是啦。」

「那就這麼辦吧。當我們完全確定安奶奶不知道離婚真相那時候，就去跟她說。在那之前，暫時先順其自然。」

我也起身，盤腿而坐。

「嗯，那……就這樣吧。」

我與夏美互相點頭。雖然是個半吊子的結論，但是總覺得比起慌亂之餘做出無謂舉動好多了。

不經意地豎耳傾聽，可以聽到窗外傳來暮蟬喀吶、喀吶……的鳴叫聲。感覺上，似乎是暮蟬在河那邊鳴叫。

「夏美，要不要散步到河邊去，稍微轉換一下心情？」

「嗯。」

我們穿上鞋，走出別屋玄關。那三株蒲公英仍然靜靜綻放著黃色花朵，只是周遭多了其他恣意生長的雜草。

稍微西斜的陽光，將「竹屋」前方空地染成一片焦茶色。我們穿過那片空地，走下森林中昏暗的斜坡。

森林豁然開展的當下，懷念的河川氣息嘩地將我們包圍。

我佇立在美麗的鵝卵碎石河灘上，眺望對岸斷崖，同時盡情深呼吸。

就在此時，夏美高聲說。

「啊，看吶，慎吾，那個。」

我朝夏美手指的上游方向一看，有兩個小小的身影。是正蹲在河灘上嬉戲的拓也與小瞳。

「喂，拓也、小瞳！」

我發出不遜於潺潺河水的宏亮聲音，一邊揮手。

聽到聲音的兩人頓時跳起來，在河灘上蹦蹦跳跳地朝我們這邊接近。

「阿吾，我啊，之前頭一次發射了那支超棒的空氣槍耶。」

「小瞳也是，第一次玩珠珠首飾玩具組，好好玩喔。夏美，謝謝妳！」

這麼久沒見，一開口說的竟然是送給他們的玩具呀。不過看他們高興成這樣，之前將所剩無幾的打工酬勞全掏出來幫他們買玩具，也算值得了。

「你們在那邊玩什麼？」

我蹲下身，手放到小瞳頭上。

兩人手上都握著彷彿小一號蜂斗菜的渾圓葉片，還有大概鉛筆尺寸的小樹枝。

「我們在畫畫喔，你看。」

拓也讓我們看他手上葉片的背面。深綠色線條描繪出一幅十分出色的魚兒圖案。

「那是用什麼畫的？」夏美問。

「用這根棒子。」回答的是小瞳。

簡單說來，只要用細枝在這片渾圓葉片背面摩擦，好像就能自由描繪出線條。

「真有意思。這樹葉叫什麼名字？」

「叫虎耳草喔。阿吾你是大人，怎麼會不知道啊？你看，像那邊那種陰涼的地方，要長多少就有多少啊。」

望向拓也指的那邊，果真看到緊密叢生的渾圓葉片。

「這是地藏先生啊，在小瞳四歲的時候教我們玩的喔。」

小瞳小小的嘴角頓時揚起，展露開心的微笑。這女孩對於地藏先生正在住院……還有再也無法睜開眼睛的事，或許渾然不知吧。

拓也像是要壓過妹妹似地開始滔滔不絕。

「聽說地藏先生他小時候啊，很窮，所以像筆記本那些都不太買得起。所以要留話給安奶奶的時候，就常常用虎耳草來寫，然後再放在矮桌上面。」

「喔～真有意思呢。我們也來試試嘛。」

「好啊。」

我們摘下直徑約十公分的葉片，順手撿了附近地上的細枝。仔細一看，葉片背面長著毛茸茸的偏白絨毛，拿著短樹枝直接在上面滑動，就能輕鬆描繪出漂亮的線條。

「哇，好厲害喔。可以描繪出這麼細膩的線條啊。安奶奶如果看到這個，會覺得很懷念吧。」

聽到夏美這句話的瞬間……我頓時靈光一閃，點子的流星隨之劃過腦海。

「夏美。」

「嗯，怎麼了？」

「來讓人懷念吧。」

「蛤？」

「用這個，來讓安奶奶懷念吧。」

◇　◇　◇

約莫傍晚之際，我與夏美在「月夜見莊」的露天浴池中伸展雙腳、泡著溫泉。浴池周遭是蟋蟀的大合唱。

只要想到剛剛才對安奶奶做的惡作劇，在浴池中也會不自覺咧嘴一笑。我本想對隔牆另一頭的「女湯」出聲，不過今天週六恐怕有其他泡湯客，只好安分守己一點。

在身心都獲得露天溫泉的充分療癒後，我們回到了「竹屋」。安奶奶是不是還在睡呀……心裡這麼掛念著，一邊偷偷往主屋那邊窺探，發現起居室的燈亮著。

「啊，醒了耶。」

我小聲這麼說，夏美看向這邊。夏美的雙眼果然也是含著笑意。

「我們還是先別吵她吧。」

「嗯。」

我們於是安靜地進入別屋。

接下來，我們輪流用吹風機吹乾頭髮，換上帶來的棉質運動服。

就在此時，我的肚子開始咕嚕咕嚕叫。

要是平常的話，差不多是吃晚飯的時間了，但是既然安奶奶都說要讓她歇會兒了，我們總不好自己厚著臉皮主動跑去。

「肚子餓咧……夏美，有沒有帶什麼吃的來？」

正當隨便躺著的我如此輕聲呢喃時，耳邊傳來有人在敲別屋玻璃拉門的聲音。是安奶奶。

「來了～」夏美隨即出去應門。

「晚飯做好囉。趕緊過來吃吧。」

「欸？您已經把晚飯做好了嗎？」

夏美將我腦子裡的相同想法說出口。

「剛剛過來看了一下，你們兩個都不在，所以就先把飯做好了。」

「哇～安奶奶，不好意思耶。」

「快別這麼說。慎吾也是，快來吧。」

我也回答：「是～」站了起來。

矮桌上比平常看來更加色彩繽紛。多道安奶奶的手作料理，被各自盛裝於小菜碟中，整齊排放在桌面上。

「開動囉～」

我的筷子首先伸向最愛的焦糖蜂斗菜。

夏美連同安奶奶也雙手合十，彬彬有禮地說：「開動了。」

不論是夏天捕獲冷凍的河蝦所煮成的味噌湯，還是手做的生蒟蒻切片，都還是絕妙好菜。我一宣布「再來一碗」，接過飯碗的安奶奶就開心地添了滿滿一碗飯給我。她接著以那副開心的神情、沉穩的語調開始這麼說。

「關於明天的事情呀，很不好意思，可以請你們再帶我去醫院一趟嗎？」

我與夏美互相對看，然後點頭說：「當然。」

「真的，謝謝呀。那麼，明天我想在一點之前到，行嗎？」

「那倒是沒問題，只是會客時間不是兩點之後嗎？」

「是沒錯呀，只是跟人約好了一點碰面呀。」

我停下移動的筷子，望向安奶奶。

「跟人約好了？」

夏美微微歪頭。

「我打了電話呀。」安奶奶以有些遙遠的眼神，凝視自己的飯碗。「我想，雲月先生他其實說得沒錯呀。」

夏美的雙眼，啪地浮現喜悅之情。但是，不論是夏美還是我都沒有發言。我們只是沉默地等待安奶奶的下一句話。
「不想見那個人的，一直是我呀。惠三這孩子，是不會恨人的，其實應該是想見她的吧。所以，我剛剛打電話了呀。」
「安奶奶……」
夏美以鬆了口氣的聲音低喃。
「說老實話呀，事到如今才要打什麼電話，實在緊張得很……但是你們為奶奶做了那件事，讓奶奶有了勇氣呢。」
呵呵呵，安奶奶笑著從身上的白色烹飪服口袋中，拿出一片樹葉——是虎耳草。
「這實在是……唉，讓人好懷念的遊戲啊，虧你們還知道呢。」
她說著，輕輕將虎耳草放到桌上。
接著，彷彿是將累積數十年的憂鬱沉澱物吐得乾乾淨淨一般，深沉地嘆了口氣。走廊上的生鏽風鈴也像在應和那聲嘆息，奏起涼爽的音色。
凜、凜。
「心情有多少年都沒這～麼溫柔過了呢……這葉子啊，可是奶奶的寶物呀。」
安奶奶以烹飪服的衣袖，輕輕按壓眼頭。

「不論慎吾，還是夏美……都是我引以為榮的孩子啊。真的……很謝謝你們……」

一看向夏美，她果然已經哭著一邊笑著。

我背著安奶奶偷偷豎起拇指，朝著夏美咧嘴一笑，然後看向那片被放在桌面上的虎耳草。

就如同少年時期的地藏先生，遠在半世紀前所做的一樣，我們剛剛也在虎耳草寫下話語，偷偷放到矮桌上。

與夏美多方討論後，最後決定寫下的訊息是最單純的情書。

我們最喜歡溫柔的

安奶奶

慎吾&夏美&惠三

◇ ◇ ◇

俗話說「女人的心、秋天的天空」，天氣預報果真完全失準。

後來半夜突然下起雨來，隔天早上轉為滂沱大雨。

風也一口氣轉強，逐漸呈現幾乎是暴風雨的模樣。天空也被感覺不祥的黑雲團團籠罩，世界一片昏暗如同傍晚。

橫飛的大雨時而猛烈敲擊玻璃窗。「竹屋」後方的竹林，還有周遭樹木全都沙沙作響，枝葉隨之大幅搖動，這人口過少的小小山村，感覺上似乎完全被不穩定的空氣所包圍了。

我是在剛好正午時，載著夏美與安奶奶，一邊踩下「Wagon R」的油門。據說雲月以「今天有工作」，回絕了安奶奶的邀約。

「雲月先生他，沒在生氣啦。相反的，是在為我們開心呀。」

坐在副駕駛座的安奶奶這麼說。

「那樣就好。」夏美回答，身子從後座往前探。「話說回來，這雨真不得了耶。」

嚎啕大哭的天空，讓急促動作的雨刷都疲於應付。我比昨天更慎重地開車。

今天的安奶奶，從一大早就惶惶不安。

仔細想想，馬上就要跟那個自從兒子離婚後，三十五年來持續厭惡的女性見面了，要她別緊張才是強人所難吧。平常對穿著幾乎毫不講究的安奶奶，唯獨今天甚至還問夏美「這種對襟針織外套之類的怎麼樣呢。還是該穿和服呢」等問題，請夏美幫忙挑衣服。最後，因為夏美的一句話「雨很大，還是別穿和服比較好喔」，還是選擇與平常沒什麼兩樣的洋服就是了。

車子慢條斯理地駛下山路。

我們逐漸接近昨天俯視碧藍大海的地方，今天果然什麼都看不到了。眼前所見，只有一片白濁的朦朧雨幕。

十二點四十分抵達醫院停車場。

我們撐傘橫越停車場，穿過醫院大廳。然後，走進位於大廳不遠處的等候室，三人並肩坐在長椅上，等待那位女性現身。

雖然能就座稍事休息，我卻莫名地坐立難安。安奶奶的緊張好像也感染到我，老實說感覺有些心跳加速。

「那個，地藏先生的前妻叫什麼名字啊？」

這種時候總是泰然自若，感覺很可靠的人是夏美。

「叫做美也子呀。」

「喔～是什麼樣的人啊？」

安奶奶凝視半空，陷入沉思。

「這個嘛……總是笑瞇瞇的，感覺對任何人都很溫柔的人呀。只不過……」

「只不過，什麼？」

眼見夏美露出無辜神情，頭一歪，我以視線警告她。但是夏美似乎完全沒把我放在眼裡，只是嫣然一笑。

「問這個，有什麼關係嘛。得從現在開始做好心理準備啊。您說對吧，安奶奶。」

聽到夏美實在有夠樂天從容的聲音，安奶奶也不自覺笑開懷。這麼一笑，肩膀也隨之放鬆，臉上浮現一如往常的祥和神情。

「說得也是呢。就像夏美所說的呀。這麼緊張也不是辦法啊。」

每當這種時候，我總會深刻體認到一件事。「真是對夏美沒轍」。

「所以呢，感覺很溫柔的人，只不過什麼？」

夏美雙眼閃耀著好奇的光芒，一邊這麼問。

「結果，也只是個看到惠三身體變得不方便了，就拋棄他跑掉的人呀。其他的也沒什麼好說了呀。」

拋棄他跑掉的人……

我與夏美四目相接。

果然，安奶奶是不知情的。地藏先生離婚的真相。

夏美對我點頭，隱含決心的頷首……她打算現在就說出那個事實。

「我跟您說喔，安奶奶。」

就在夏美刻意發出開朗嗓音時……

大廳自動門開啟，一位提著裝有花束的紙袋的女性在醫院現身。女性四處張望，像在找人。

察覺到她的安奶奶，發出「啊……」的輕微聲音，然後從長椅起身。

之後所發生的事，在我眼裡看來就像慢動作。

女性緩緩轉向這邊，視線偶然停駐於安奶奶身上……就那麼盯著安奶奶一下子。

緊接著下個瞬間，女性的雙眼瞪得老大。

不論是女性或安奶奶，有好一會兒都沒有動。兩人簡直像化身成了地樁之類的，逕自佇立對視。

相隔一段距離、互相凝視的兩人之間，一個穿著水藍色睡衣、拄著枴杖的青年緩緩穿過。就在一個微胖護士急促橫越兩人之間時，女性的表情幡然出現變化。彷彿下定什麼決心，雙唇繃成一條直線。緊接著在原地，深深彎腰。

安奶奶也在長椅前，淺淺回禮。

遙遙相對，互相低頭致意的兩人……

橫亙在那兩人之間的距離，讓我有些憂鬱。就是這樣的距離，讓人清楚感受到這三十五年來始終隔離兩人的內心芥蒂。

不久後，美也子女士抬起頭來，以緊張的步伐朝我們走來。然後，在安奶奶面前停住腳步。

我與夏美這才突然想起似地站起身來。

「真的是好久不見了。」

美也子女士再次深深、深深地低頭。

「妳真的來了呀……」

安奶奶擠出顫抖的聲音。

慢慢抬起頭的美也子女士，以怯生生卻分外懷念的眼神，凝望著眼前嬌小的安奶奶。她們彼此早已眼眶含淚，淚水在眨眼的同時沿著面頰滑落，一滴、一滴墜落至亞麻地板。

「那邊那兩位是……」

美也子女士一邊以手帕按壓眼睛下方，這麼問。

「是惠三的朋友，慎吾和夏美呀。就像咱們家自己的孩子一樣呀。」

安奶奶介紹了我們，雙眼瞇起。我與夏美也簡單打招呼說：「初次見面。」

我們四人隨後搭乘電梯，上到醫院三樓。因為該樓層東側角落有家「食堂&喫茶小棧」，所以決定到那裡喝杯茶。

我引導安奶奶與美也子，讓她們在最內側的位子就座。那個座位能透過大型的全景玻璃窗，眺望整片海洋。今天因為下雨，只能看見灰濛濛的海洋，但是總比什麼都看不到強多了吧。

「那，我們坐在那邊的位子喔。」

夏美指向隔著一段距離的座位。

「不用這麼介意呀。一起過來坐吧。」

雖然美也子女士也以微笑贊同安奶奶的話，我們仍然搖頭說：「不了、不了。」移動到離窗邊最遠的位子去。

「總覺得，是個感覺很好的人耶。」

夏美一邊坐下，露出喜悅神情。

「畢竟是地藏先生選擇的人嘛。」

「說得也是。」

我向過來聽取點單的服務生點了兩杯冰咖啡後，望向窗邊那兩人。安奶奶背對著我看不到表情，不過可以清楚看見美也子女士的臉。

「美也子女士，稍微在笑耶。」

「真的耶，兩人可以藉這次機會和解就好了。」

「說得也是。真能那樣的話，地藏先生也會很開心吧。」

夏美的話讓我想起地藏先生。浮現腦海的，並非以維生裝置勉強強制呼吸的地藏先生，而是在河灘上刺眼似地瞇起雙眼，滿臉笑意的地藏先生。

「嗯。他會很開心的，絕對。」

冰咖啡不久後被送上桌，我們就用咖啡輕微乾杯。

我往窗邊瞄了一眼，美也子女士臉上儘管還多少透露出緊張，同時卻也浮現出些許微笑。

美也子女士的打扮並不亮麗，感覺卻很有氣質。圓圓的塌鼻，稍稍下垂的小眼睛又是單眼皮，大概不能被歸類為「美女」吧。相對的，卻是一個好像比周遭任何人都惹人憐愛，渾身散發和藹可親氛圍的人。當然，既然都已年過六十，對應年齡的眼角皺紋也很明顯。但是，那些因為常笑而刻劃出的皺紋，也讓人覺得恰如其份地彰顯出她的和善個性。

「不知道那兩個人在聊些什麼耶。」

夏美的雙眼閃耀好奇的光芒。

「哪知。不會是在聊蒲公英之類的事吧。」

「蒲公英？啊，公英先生呀。」

「嗯。」

「安奶奶她，應該也想見見孫子吧……」

夏美自言自語似地說完，將什麼都沒加的冰黑咖啡中的吸管含進嘴裡。

「應該吧……」

我的咖啡則加了濃稠糖漿與牛奶後才入口。以醫院的咖啡而言，算是香氣十足的好喝咖啡。

今天雖然下雨，卻是週日……還沒見到的公英先生如果是上班族，今天一定也休假吧。既然如此，與美也子女士一起來探病也好啊，我也這麼想。畢竟地藏先生是親生父親，而安奶奶又是親生祖母。抱持這麼高的期待，或許是奢望吧。光是安奶奶與美也子女士能像這樣，在闊別超過三十五個年頭後重逢，都一定算是種奇蹟了。

「慎吾，你呆呆地在想些什麼啊？」

夏美笑說。

「關於奇蹟。」

「奇蹟？」

「嗯，我在想目睹那兩個人重逢，不就像在看奇蹟的瞬間嗎？」

「奇蹟啊……如果真是那樣……」夏美說到這裡，露出有些哀傷的微笑。「也是地藏先生創造的奇蹟吧。」

「……這話，是什麼意思？」

「我的意思是地藏先生事先教會拓也與小瞳，在虎耳草上面畫畫。而那件事延續到現在，才發揮了效果。是那件事利用慎吾，感動了安奶奶，然後召喚了美也子女士吧。」

「感覺上，好像小說的伏線喔。」

「現實與小說呢，就像被片開的竹莢魚上片與下片吧。差別只在於有沒有頭部與背骨而已，味道一定是幾乎一樣的。」

夏美常常會說出這種饒負哲學意涵的話來。然後，只要我問：「咦？那是什麼意思？」她一定會這麼回答。

「沒什麼特別意思啦。」

果然，還真是對夏美沒轍呀。

兩點一到，窗邊的兩人就從座位起身，往這邊走來。因為會客時間到了。兩人雖然是並肩前進，美也子女士的走法卻看得出來是不著痕跡地關照著安奶奶。短短一個小時之間，兩人就能恢復成這種距離的關係嗎？

美也子女士不著痕跡地自然結清了四人份的帳單。

我們再次搭乘電梯上到五樓。然後與昨天一樣，走進那間緊鄰ＩＣＵ、擺滿醫療儀器的病房。我與夏美刻意走在安奶奶她們身後。

一走到地藏先生位於病房右邊內側的病床前，可以看得出來美也子女士的背部頓時緊繃。

這雖然是理所當然的，但是地藏先生還是與昨天一模一樣的地藏先生。不論是特別有血色的臉龐、上下眼瞼彷彿黏在一起的緊閉雙眼，又或是乾巴巴的蒼白嘴唇，被儀器注入空氣的胸部的起伏節奏……從頭到尾都沒有任何改變沒錯，但是那卻反而讓我感覺呼吸困難。

附近的護士注意到我，說著：「請問是家屬吧。不介意的話，請對他說說話喔。」只有嘴角浮現制式笑容的模樣，也與昨天一模一樣。

安奶奶對那位護士稍微行禮，開始對地藏先生說起話來。

「惠三呀，太好了呢，你看看，是美也子來囉……」

我看著地藏先生不可能回答的嘴角。大張的嘴裡，與昨天一樣插著透明管子。

美也子女士以一副戰戰兢兢的樣子，手放到床邊護欄，靜靜窺探地藏先生的臉龐。

「看吶，美也子好不容易都來了呢，惠三，張開眼睛看看吧……」

嗶、嗶、嗶……顯示心跳的電子聲響不帶絲毫感情地響著，從他腳邊則聽得到空氣從加壓帶漏出的噗咻聲。

「惠三……美也子她，現在很幸福喔。太好了呢……」

安奶奶這句話讓美也子女士發出「嗚……」的殘破聲音，開始低聲啜泣。她朝著地藏先生胸口，輕聲說：「抱歉啊……」一邊陣陣抽泣。

一旁的夏美使勁握住我的手。不轉向她看也知道，夏美一定也被惹哭了。

美也子女士的肩膀持續微微顫抖，淚水無止盡地滑落。

試想，美也子女士原本就不是因為嫌棄地藏先生而分手的。她是因為愛著地藏先生而結婚，與地藏先生一起生下深愛的孩子，然後又在愛著地藏先生的情況下被片面提出分手。即便那是地藏先生考慮到美也子女士與公英先生的幸福，所做出的決斷，以結果而言，被甩的無疑是美也子女士。而且還有個被迫帶走的伴手禮，那就是拋棄淪為身障者的丈夫所萌生的「罪惡感」。當初依依不捨地哭著離開地藏先生後，美也子女士回到娘家展開新人生……而且，如果現在已經得到了新幸福，那也是地藏先生得償所願吧。

但是，事過境遷三十五年後的現在，美也子女士內心仍持續沉浸於「罪惡感」中，而安奶奶的情感深處仍被難以抹去的怨憤糾纏。

明明沒有任何壞人，但是每個人都背負著傷痕……

只要一想到這裡，就連地藏先生當初為了拯救美也子女士與兒子而自我犧牲的離婚決斷，都未必能說是一百分滿分了，不是嗎？不對，這世上或許本來就沒有所謂「完美」的正確答案。生而為人，在面對自己人生的每個分岔路口時，肯定只能竭盡所能地持續選擇感覺似乎好那麼一點點的選項而已。也只有那樣，才是唯一真誠的生活方式，不是嗎？

美也子女士再次呢喃：「抱歉啊……」然後一邊哭，一邊觸摸地藏先生很有血色的面頰。

我意識到握著的夏美手部溫度。

會不會有點不莊重呀，雖然也這麼想，我還是前後輕微擺動她那隻手。

所謂的「幸福」呢，或許單純地，就像這樣吧……

我想起夏美的話。

光是在天空飛舞就是幸福……

如果蜻蜓是那樣，那我們，也一定……

我看向夏美。她哭著笑了，同時仰望握著她的手輕微擺動的我。就在這時候，安奶奶開口了。

「我說美也子呀，妳可以別再道歉了呀。」

「可，可是……我……」

美也子女士的視線垂至地藏先生上下起伏的胸部，又開始抽泣。

「真的覺得，那麼對不起呀……」

「……」

「為什麼，那時候……妳呀……」

就在我倒抽一口氣的剎那……

「不是那樣的。」

我身旁傳出凜然的聲音。

安奶奶隨之閉上嘴。

夏美所發出的聲音，在緊要關頭幫安奶奶的嘴巴踩了煞車。

安奶奶與美也子女士轉向我們這裡。

我們原本擺動的手停了下來，這次換夏美更使勁地緊握我的手。

「不是……那樣的，安奶奶。」

夏美大口吸進顫抖的氣息，然後彷彿是要讓自己鎮定下來似地再次緩緩吐氣。

「美也子女士她，當初並沒有逃走喔。是地藏先生提出要求，勉強逼著她離開的……她那時候其實是不想離婚的喔……」

安奶奶以緩慢的動作，仰望身旁的美也子女士。然而美也子女士只是低著頭，用手帕摀臉，抽抽搭搭地低聲啜泣。

「是地藏先生……告訴……我們的。惠三這個名字的意義。他還告訴我們，三個恩惠的事情喔。」

夏美也是哭著拚命述說。

安奶奶也一樣，眼見淚水即將奪眶而出。

「第三個啊……是與伴侶一起看到孩子幸福的喜悅，對吧。只要自己存在，就會害美也子女士與孩子都變得不幸，地藏先生是這麼想的……他覺得……不能剝奪美也子女士的第三個幸福。所以啊，地藏先生才會自己主動提出離婚。所以……所以啊……」

夏美說到這裡終於放聲哭泣。所以，我接棒繼續說下去。

「所以，任何人都沒有錯。」

我輕輕放開原本握著的夏美的手，從小肩包中拿出一張照片。那是地藏先生拜託我複製的褪色破舊照片——是美也子女士抱著剛出生的公英先生。

「這是……」

我將照片遞向安奶奶。

輕輕接過的安奶奶，定定凝視那張焦茶色的照片，淚流滿面地抬頭望向我。

「請看看背面。」

安奶奶將照片翻面。

以舊鋼筆書寫的藏青色文字出現在眼前。

「地藏先生他，據說小時候其實還是會寂寞。但是他說，多虧安奶奶每次要睡的時候都會對他說：『惠三，真的很謝謝你，出生來當媽媽的孩子』，才覺得內心獲得了救贖……」

安奶奶雙手捧著照片，同樣不停抽泣。

我就那麼繼續說下去。

「地藏先生與美也子女士離婚，最放不下的就是沒辦法對兒子公英先生，說出從安奶奶聽到的同樣一番話……最後悔的就是，沒辦法對兒子說：『謝謝你出生來當我的孩子』……地藏先生是這麼說的。所以據說，寫在那張照片背面的『謝謝』，是懷抱著與安奶奶相同的心情所寫下的『謝謝』。」

我說著，感覺到內心慢慢湧現一股熱潮。儘管如此，我仍然無視於這種情緒持續說下去。

「所以，一定，沒有任何人有錯……大家，只是，太善良而已……」

現在就連雙眼深處都湧現熱潮，光靠我的理性，好像已經難以控制那股熱潮了。

安奶奶邊哭，數度「嗯、嗯」地點頭，隨即又對美也子女士開始說：「抱歉呀。抱歉呀。」美也子女士搖著頭，以溫柔的婆娑淚眼俯視安奶奶。

然後，安奶奶緩緩回頭看向沉睡的地藏先生。

她隔著繃帶，開始慈愛地撫摸兒子的額頭。

「能生下這孩子呀……」

安奶奶調整之前持續啜泣導致的混亂氣息，深深地深呼吸。隨後將吐出的氣息化為情感。

「真的是，太好了啊……惠三，謝謝你，出生來當媽媽的孩子呀……」

柔情深重，母親的聲音……

就在那一瞬間，我的內心有什麼隨之潰堤。

喉嚨發出聲音。

自從地藏先生倒下後，我頭一次哭泣。

第四章

河合夏美之「心」

我代替安奶奶，開始「竹屋」今天的打烊準備。首先，是幫店頭那個混雜夏天賣剩的冰淇淋與冷凍食品的冷凍庫上鎖。接下來，整理自動販賣機旁的空罐專用垃圾桶的垃圾，再拿到會有垃圾車來收的垃圾放置場。最後，當我關閉店鋪鐵門時，不經意仰望鄉村廣闊的傍晚天空。

天空上拖曳著綿延不絕的美麗捲雲，然而卻完全不見秋天期間大量交織飛舞的紅蜻蜓身影。大家，真的全都死了呀。那些理應點點墜落、層層堆疊，數也數不清的紅蜻蜓死骸，到底都到哪裡去了呢……

才半個月前，還以鮮豔大紅或鮮黃彩繪山村的群山，都已經完全失去色彩。腳邊的花花草草，也都一齊枯萎。

春天至秋天期間，曾經那麼盛大歌頌的無數生命，彷彿承受所謂「冬天」的季節壓力，全都被統一塞進地下，平常就已經夠寂寥的山村，感覺上變得更冷清了。

而且冬天的黃昏，腳步快到讓人覺得毫無慈悲之心。

才剛覺得「傍晚啦」，無力的太陽頓時喪失浮力，咚地一口氣墜落至山稜線。

現在，逐漸染上淡淡紫花地丁色彩的東方天空，可以看見傍晚第一顆出現的星子正閃耀光芒。不久後，這座小小山村今天同樣也會被冰冷肅靜的冬季黑暗一口吞噬。

鄉村的冬季夜晚，對我而言太安靜了。至少能聽到秋季的蟲鳴就好了……腦海不禁浮現這種不合理的念頭。

凜……

就連那個風鈴的音色都匯集了寂寥，然後消散於乾冷空氣中。

我深深吸進一口含著落葉氣息的風，靜靜關閉店鋪鐵門。

晚餐是豬肉牡丹鍋。

附近務農兼打獵的大叔設下陷阱抓到一隻大山豬，所以把肉分送給附近親近人家。

我站在廚房，將準備放進火鍋的白菜、蔥還有香菇等切齊。身旁是嬌小的安奶奶，正以靈活刀功將豬肉塊切成薄片。

這已經是第幾次像這樣穿著同樣款式的烹飪服，與安奶奶並肩站在廚房啦。今後，大概還有幾次與她一起煮飯的機會呢……

一想到這裡，突然萌生類似感傷的情緒，讓我不禁嘆息。

「嘆那～麼大一口氣呀，夏美，怎麼啦？」
安奶奶沒有停下拿菜刀的手，一邊這麼說。
「今天慎吾不在呀，不會是因為這樣，覺得寂寞了吧。」
安奶奶是在逗我。
「才沒有咧。只是啊，在別屋一個人睡好寂寞，今晚可以在安奶奶的房裡一起睡嗎？」
安奶奶格格發笑。
「我可沒辦法取代慎吾的角色呀，只是如果不嫌棄跟我這種老太婆一起的話，當然沒關係呀。」
「太好了……半夜一起風，別屋的窗戶就會被吹得喀答、喀答響，好恐怖喔。」
「奶奶的房間，風一吹也會喀答、喀答響呀。」
「可是，我只要有人在一起就沒問題。」
話一說出口，我頓時覺得「糟了」。有點厭惡自己。安奶奶總是一個人孤伶伶地睡在那個房裡呀。我有些慌亂地岔開話題。
「話說回來了，有牡丹鍋吃的今天偏偏來不了，慎吾還真是不走運啊。」

「是呀。那孩子還真可憐，夏美，回去的時候把肉帶回去給他吧。我只切今晚的份量，其他的就先冷凍。」

「欸？可以嗎？」

「老人家一個人，吃不了這麼多的呀。」

的確，安奶奶她不太吃肉的。

「嗯，謝謝囉。那麼機會難得，我傳個訊息給他，讓他高興一下吧。」

我用手機拍照，傳了訊息給慎吾。那是安奶奶笑吟吟地拿著豬肉塊的照片。

『清潔打工加油～！伴手禮是這個豬肉呦♪今晚要在安奶奶房間，相親相愛地睡一起。好期待Girl's Talk喔（笑）』

慎吾今天去做大樓的夜間清潔打工了。據說一位平常對他多方關照的前輩，前天拜託他換班，他無論如何都拒絕不了。

所以這次是我一個人騎著「CBX400F」來到「竹屋」。安奶奶說什麼都不願意坐摩托車，所以不能帶她去探望地藏先生，但是至少能像這樣陪她一起吃飯。

「菜都切好囉。」

「嗯，那就在鍋子裡放水，用昆布來熬湯頭吧。」

「是～」

我對於這廚房的哪裡放著什麼，幾乎都已經瞭若指掌了。反而是媽咪與新的男人開始一起生活的老家那邊廚房，我卻幾乎都快要忘光了……

我呢，都到了這個年紀，現在才要去叫那個男性什麼「爹地」或「爸爸」，也叫不出口了吧。然而也正是這個年紀，才能讓我坦率祝福「媽咪如果要再婚，那就希望她能幸福」。希望媽咪能好好構築自己的新生活，希望她被任何人詢問時，都能抬頭挺胸說：「現在的我很幸福。」就像那位美也子女士一樣……

我那個最愛摩托車的爹地，三年前因癌症去世，不過直到生命之火燃燒殆盡之前，他真的是拚了命地持續與癌症奮戰到底。

「爹地在夏美的結婚典禮上感動落淚，抱到可愛的孫子之前，是絕對不會死的喔。所以，放心吧。」

爹地在病床上一而再、再而三地這麼說。

媽咪也盲目相信著那樣的爹地，全心全意地持續看顧他，直到臨終都好好守在他身旁。而我則是一邊工作，自認做得到的都做了。

儘管如此，爹地最後還是消失在這個世界上，媽咪精疲力竭後成了寂寞的未亡人，而我也以淚洗面、悲痛欲絕。

沒有任何一個人，得到救贖。

但是……這不是任何一個人的錯。

大家只是都很善良，掛念彼此、相互體恤，竭盡所能罷了……就像地藏先生、安奶奶與美也子女士一樣，不是任何一個人的錯。

起居室那邊突然傳來〈當你向星星許願〉（When You Wish upon a Star）的水晶音樂，是手機收到訊息的提示音，慎吾寄來的。

『肚子餓了。現在立刻就想吃豬肉！（笑）安奶奶，還好嗎？她就拜託妳囉。Girls?好好享受妳們的Talk吧！』

他還附加自己穿著清潔人員的藏青色制服的照片，我也秀給安奶奶看。

「慎吾長得一表人才，穿什麼都很合適呀。」

「是嗎……」

雖然覺得也沒一表人才到哪裡去，但是男友被稱讚感覺倒不差。我再次看著慎吾穿制服的模樣。很遺憾的是，並不會覺得「好帥！」倒是覺得「想見面……」自己這樣的愛情，總覺得很紮實，沒有虛假，讓人有點開心。

「好了，接下來只要把味噌溶進去，依序放入材料就完成囉。」

安奶奶用杓子舀了味噌，開始用長筷子一點一滴地攪拌溶解。

冬天裡只有女人的廚房，洋溢著鄉村家庭的溫柔氣息。

◇　◇　◇

安奶奶的臥房中有個簡樸的老舊佛壇。

穿著有花紋的兩截式睡衣加上一件日式棉襖的安奶奶，就寢前先在佛壇前伸出佈滿皺紋的雙手合十，約有十秒就那麼靜止不動。

「是不是在祈求什麼事呢？」

被這麼一問，安奶奶笑了。

「也不是什麼大事呀。只是道謝說，今天一天能活著，非常謝謝。」

「喔～」

那句話……是指安奶奶本人能活著，又或是地藏先生能活著呢……雖然不清楚是何者，暫且也沒問出口。

我們鑽進被窩，關了日光燈。但是房內一旦全黑，半夜醒來又會怕，所以請安奶奶只留一顆橘色的小燈泡。

「夏美，聽說妳明天要陪拓也玩？」

安奶奶鑽入毛毯，一邊這麼說。

「嗯。我答應用摩托車載他一下。」

「要小心別摔車了喔。」

「沒問題的啦。只會在那附近慢慢騎一下子而已。」

「那就好呀。」

「嗯。」

對話一中斷，頓時覺得房間好大。

幽暗的天花板也高得過份。

滴答、滴答……隔壁起居室隱約傳來柱上掛鐘毫不停歇的聲響，那聲音輕飄飄地飄盪在幽暗中，感覺上似乎如塵埃緩緩沉澱。

懸掛在店門口的風鈴偶爾傳來的音色，聽起來很遙遠。

「我問您喔，安奶奶。」

「嗯？」

安奶奶雖然有回答，卻已經閉起雙眼。

「風鈴，到了冬天也不收嗎？」

我試著問出到這個家以後，始終感到好奇的問題。一直以來數度想問，莫名地總是錯失時機，沒能問出口。

「啊……那個風鈴呀，惠三死去的爸爸很中意呢。」

換言之，是安奶奶的丈夫。

「然後呀，惠三也很奇妙地打小就很喜歡那個風鈴呀。我只要一收起來，就會纏著我說拿出來、拿出來呢。所以，不知不覺的呢，就一整年都掛著了。」

「這樣啊。那個，聲音很棒耶。」

「是呀。」

「之前就覺得那風鈴的形狀還真特殊，原來是那麼久遠的東西呀。」

「都已經，鏽得差不多就是了……這麼說來，形狀正好像是螢袋呢。」

「啊，對耶。真的一模一樣呢。」

我想起梅雨那時，親眼見到螢火蟲狂舞的夢幻景色。在地藏先生指導之下，我們將螢火蟲放入螢袋的花瓣中，讓螢袋閃閃發光。

好懷念喔……

我雖然感慨萬千地懷念過往，事實上在那之後，也才過了大概半年的時間而已。儘管如此，感覺上卻已經是蠻久以前的久遠回憶了，真不可思議。

我翻身面對安奶奶那邊。安奶奶躺著緊閉雙眼，看起來好嬌小、好疲憊。

這麼嬌小的安奶奶，總是、總是，一個人孤伶伶地睡在這裡啊……只要一想到這裡，一股似乎無法忍受的情緒油然而生。

凜、凜……風鈴在遠處響起。

但是，今晚玻璃窗沒有搖動，後山竹林也沒有喧嘩。感覺明明沒風，只有風鈴在響，內心莫名地騷亂難安。

一回神，安奶奶的呼吸已經形成固定的節奏。說不定，已經睡著了。仔細想想，平常這個時間應該早就睡了。

Girl's Talk，幾乎都沒做到呀……

我有些遺憾，手伸向枕頭旁的手機，打算寄「晚安訊息」給慎吾。

開啟了電郵畫面，好了，要寫什麼呢……正當我開始如此思索時。

噗嚧嚧嚧嚧……噗嚧嚧嚧嚧……

起居室的室內電話響起。時間已經超過十點。「竹屋」的電話從來沒有在這個時間響過。

「電話耶。」

安奶奶張開眼睛，輕聲說。

「要不要，我來接？」

「不要緊呀。我出去一下喔。」

起身的安奶奶，穿過走廊，急忙往起居室走去。

凜、凜……

又是風鈴的音色。

外面明明寂靜無聲，感覺好像也沒起風呀……

剩下我一個人在臥室獨處，總覺得心裡很亂，一邊從墊被起身。

電話鈴聲停止後，隱約可以聽見安奶奶的說話聲。那聲音，一聽就知道並非平常那個溫吞悠哉的安奶奶的聲音。

然後……

「夏、夏美！」
安奶奶在起居室大叫。
「怎麼了！」
我急忙站起來，跑過走廊衝進起居室。
安奶奶雙手緊抓話筒，呆站在原地。僵硬的臉龐似乎隨時都會哭出來。
「怎麼了？」
我重複問出相同問題。
「惠、惠三他……」
欸……
我感覺心臟頓時狂亂跳動。
不會吧……
「他們說惠三他……病危。」
「病危……」
「剛剛，在電話裡，護士要我們……立刻，到醫院去。」
我無言以對。

「啊，夏美……」

安奶奶雙手緊握的話筒，逸出嘟、嘟、嘟的電子音。通話早就斷了。

凜、凜……

風鈴在響。

為什麼啊……在這種時刻，我能感覺自己正以想不到的速度，倏地恢復冷靜。明明胸部核心才與安奶奶一起動搖，情緒幾乎開始顫抖，但是感覺上卻有另一個冷靜的自己從周遭將那些全都使勁塞回去，阻止了顫抖。

我毫無顧忌地走到安奶奶身邊，輕輕接過話筒，放回電話主機上。

「不要緊。安奶奶，要先換衣服喔。」

我以沉著的聲音說完，右手推著安奶奶纖瘦的背部，帶她來到寢室中收納衣物的桐木衣櫃前。

「外面會冷，要盡量穿暖和一點喔。別穿和服，要穿洋服。穿褲子喔。」

我說著，同時迅速換裝。我在毛衣外面，添了一件附毛團領的米黃色羽絨外套。

媽咪呢，很努力地照顧爹地直到臨終，真是太好了……

這是三年前，媽咪說過的話。

守靈結束後兩人獨處時，潸然淚下的媽咪一邊這麼對我說。

我換完衣服，站到另一個桐木衣櫃前。

「安奶奶，您夏天時送我的浴衣，就放在這裡吧？」

我說著，手已經拉開衣櫃抽屜。果不其然，四個月前穿的浴衣與櫟棠黃腰帶，就放在靠近我的這邊……我伸手唯獨拿起那條腰帶。

「衣服換好了嗎？」

我推著說不出話來，只是「嗯、嗯」點頭的安奶奶背部，兩人從後玄關走出去。

臘月夜半，空氣冷冽刺骨，吐出的氣息也是白色的。

果然，幾乎沒有風。

然而，店門口的風鈴卻奏出透明的音色。

凜、凜……

我繞到店門前。

我的「CBX400F」在冰冷夜氣中，反射著蒼白月光，亮晃晃地浮現於一片黑暗中。

我將安奶奶推到那台摩托車前。

然後，從別屋拿了另一頂為了給拓也戴而帶來的安全帽。

「戴上喔。」

我一把將安全帽套進茫然發呆的安奶奶小小的頭部。

「夏美……」

安奶奶的聲音聽來不安。

「嗯，沒問題的。」

我回以堅毅的聲音，自己也戴上安全帽。

接著，發動「CBX400F」引擎。

鐵製馬匹點火後，心臟開始狂亂跳動，那低沉聲響迴盪在如同深海底的鄉村黑夜。

「安奶奶，上車。」

我伸手搭她的背，催促她。

但是，安奶奶絲毫不為所動。

「我呢，想到了一個好辦法喔。我會用這個把自己跟安奶奶一圈、一圈地纏起來，那麼一來就絕對不會摔下去的。這樣應該也能稍微安心一點了吧。」

我舉起浴衣腰帶給她看。

「所以，拜託，上車吧。」

即便如此，安奶奶僵硬的背部仍是硬梆梆的，無論如何都不肯邁步向前。

「安奶奶……」

我內心的情緒，咕嚕、咕嚕地沸騰溢出。

「地藏先生，現在不是病危嗎。自己的孩子正拚了命地在鬼門關前掙扎徘徊，為人母的卻在這種地方猶豫不決，好嗎？」

「夏美……」

安奶奶在安全帽中的雙眼浮現淚水。

眼見那反射著月光的淚珠，我的決心更為堅強。

絕對、絕對、絕對……要幫忙趕上。

我抓起安奶奶的雙手，包覆般地緊緊握住。然後在兩人都戴著安全帽的情況下湊近她，直到雙方臉龐都快碰在一起的距離。安奶奶埋在皺紋下，濕潤的小眼睛。我專注凝視那雙眼睛，一邊傾訴。

「我跟您說喔，安奶奶……這台摩托車啊，其實是我死去爹地的遺物呢。」

「……」

「他是一個有～夠溫柔的爹地，我最愛他了。爹地他呢，從我小時候開始，三天兩頭就跟我保證說『不論發生什麼事，爹地絕對會守護夏美的』。所以，安奶奶，希望您能相信。我絕對會安全護送您到醫院去的。我會讓您好好地見到地藏先生的。因為爹地他一定會守護我。所以，拜託……拜託您了……」

安奶奶在眼前的臉龐，開始波動搖曳。因為我的眼眶已經盈滿淚水。就在我緊閉雙眼，淚水滑落面頰的時候……

安奶奶的腳，一步、兩步……朝摩托車邁進。

「安，奶奶……」

我幫安奶奶爬上後座，自己也跨上車。然後用那條櫟棠黃腰帶，一圈、一圈地纏繞兩個人的身體。

「請相信我，還有我爹地吧。」

我朝後面說。

安奶奶沉默地點點頭。

雙手用力套進皮手套，催下油門。

轟、轟、轟……

引擎照例呈現最佳狀態。一開車燈，「竹屋」前的黑暗啪地被照亮，空地看來彷彿懸浮的一抹黃。

我仰望青色的冬季夜空。

爹地……拜託。

我在安全帽中低喃。

握住離合器，進一檔。

我轉動油門，讓「CBX400F」駛進黑暗。

安奶奶立刻緊抱住我的腰。兩人上半身已經用腰帶纏繞、緊密貼合，再像這樣緊抱住我的話，不論發生什麼事都不會讓她摔下去，騎起來也會很穩定。

好了！

我逐漸二檔、三檔、四檔地提升速度。

第一個彎道逼近，車子轟轟地一口氣降到二檔，車體隨之一斜。可以感覺到車子一邊過彎，後輪茲嚕、茲嚕地逐漸往外滑。

可以的。能更快、更快，再更快。

車子一過彎道折回點，我便一步步猛催油門。具備重量的「CBX400F」呻吟著一邊加速，後輪更往外側滑動。

還能更快。

我進一步催油門。

飄移前進也能確實掌控。

在這個瞬間，爹地的遺物與我的身體合而為一。

血液是互相流通的。

我感覺到，全身的專注力逐漸高漲到如緊繃琴弦一般，欽欽作響。

絕對，要幫忙趕上！

衝吧，我的愛車！

我將油門催到極限。

排氣管狂吼著，冬天銳利的寒風鞭打身軀。

我與安奶奶還有爹地的遺物，化為一道在九彎十八拐的黑暗中，風馳電掣的疾風。

◇　◇　◇

即便騎下了市區，我還是沒有放鬆油門。

摩托車咻咻飛奔，穿梭在車陣中一台接一台地超車，最後衝進醫院停車場。摩托車不是停在正面大廳，而是亮著綠色燈光的夜間受理櫃臺的後門前方。我熄掉引擎，隨即鬆開浴衣腰帶，讓安奶奶從後座下車。

雖然安奶奶雙腳仍在顫抖，我還是有些強制性地脫下她的安全帽，將兩頂安全帽掛在兩側照後鏡上。

「走囉。」

我拉著安奶奶右手。

「不好意思，我們是住院的福井惠三的家屬。剛剛聽說病危，所以趕過來。」

我這麼告知一臉睡眼惺忪、負責夜間受理的大叔。

「啊，喔，這樣呀。這個嘛……那麼呢，麻煩先在這裡，填寫姓名還有聯絡方式，還有……」

「那種東西，之後再說！」

「欸……？」

我抛下呆若木雞的受理大叔，接連使勁拉著安奶奶的手，搭進電梯。

感覺從電梯門關閉，上到五樓為止就花了三分鐘。

終於，電梯叮一聲抵達五樓，我們立刻衝出電梯，在護理站前右轉，直奔走廊盡頭而去。ＩＣＵ隔壁病房的大門敞開。

血壓呢？正在下降。心跳。啊，又停止了。胸前衣物快敞開。

急迫的聲音在病房內交錯飛舞。

我們急忙來到病房最內側的地藏先生身旁。

「妳，是誰？」

白衣醫師以彷彿在說「礙事」的感覺問。

「我們是家屬。福井惠三的家屬。」

醫師聽見我回話，卻沒有回答，持續埋頭搶救治療。心外按摩也做了，時而將兩邊電極片貼在胸部電擊。地藏先生原本動也不動的身軀，隨之出現反彈反應。

拜託……

我在胸前雙手合十，內心一邊禱告。

身旁的安奶奶仍陷入茫然狀態，如同地樁杵在原地。

一位有年紀的護士走過我們前方時，迅速告知。

「我們會盡全力搶救，請為病患禱告吧。」

我反射性地微微點頭致意，安奶奶卻是紋風不動。

「安……奶奶？」

凜……

就在我的手放上她單薄的肩膀時……

意識深處，似乎聽見那個風鈴在響。

「已經……」

安奶奶突如其來地發出嘶啞的聲音。

「欸？」

「已經，夠了呀……」

安奶奶沒有針對特定對象地低喃後，緩緩走向地藏先生。
我驚愕地望著她那嬌小的背影。
安奶奶插入護士或醫生等人之間。
然後，就那麼輕輕俯臥在地藏先生的上半身。
「哇！等、等等，這人，是誰？很危險耶！」
手裡拿著電極片的醫師大驚失色，目瞪口呆。
「欸？怎麼了，奶奶？」
不論護士或醫師，全都停下手邊的治療動作，俯視抱住地藏先生的安奶奶。
嗶、嗶……嗶。
證明地藏先生的心臟重新開始跳動的電子音，迴盪在這個死氣沉沉的白色房間。
「啊，動了。」
「那個，奶奶……您可以稍微讓開一下嗎？」
年輕護士的聲音。
一位年輕醫師，以彷彿在對孩子訴說的語調這麼說。
嗶、嗶……

「醫師，心跳又……！」

「奶奶，現在不繼續治療的話，您的兒子會死的。」

中年醫師採取氣勢洶洶的說話方式。

即便如此，安奶奶仍然不為所動。她俯臥在兒子身上，像是要守護他一般。

嗶～嗶～嗶～～嗶、嗶～

心跳感覺好像很不穩定。

會死掉的、會死掉的。

地藏先生他……

「總之，這樣很危險，請讓開。」

年輕醫師將手放到安奶奶肩膀上。

就在那一剎那——

「請等一下！」

我反射性發聲。

然後，雙腳自顧自地邁步向前。

我直接走到病床邊，站到緊抱住地藏先生的安奶奶身旁。

「安奶奶，不要緊。有我在喔。」

我說著，緩緩摩擦安奶奶纖細的背部。

嗶──嗶……嗶、嗶……

「想對地藏先生說什麼，就說吧。」

不論醫師或護士，所有人都沉默地俯視安奶奶。

從安奶奶雙眼湧出的淚珠，滴滴答答地持續滴在地藏先生裸裎的蒼白胸部。

「……惠……」

嘴裡逸出這麼一聲嘶啞的聲音後，安奶奶暫且起身。接著，改以手掌輕撫地藏先生的面頰。

「……惠三……惠三……媽媽呀……你已經，很努力了呀……」

嗶──嗶……

「謝謝你啊……惠三。真的，謝謝你啊。」

嗶──嗶──────嗶……

「終於，可以見到，你爸爸了呢……」

嗶——————————

毫無慈悲的機械音響起，同時阻斷了在病房中流動的時間。

地藏先生的心臟也隨之停止了。

一位稍有年紀的護士看看手錶，確認死亡時間。

之後有好一陣子，安奶奶就那麼持續撫摸著逐漸喪失體溫的兒子的面頰或額頭。

我以半失神的狀態，凝視眼前景象。

末了，上半身趴在床上的安奶奶終於起身。

然後，以非常緩慢的動作依序望向圍在周遭的醫師與護士。

「安，奶奶？」

安奶奶頂著濕濡的面頰，深吸一口氣後才靜靜開口。

「這次……」她說到這裡，再次調整呼吸。「兒子他……承蒙大家盡心盡力照顧。

真的很謝謝大家。」

聲音顫抖著，卻是莫名隱含凜然可敬的語調。安奶奶這麼說完後，深深彎腰。

周遭沒有任何人出聲。

房裡充塞著靜寂、光明，還有不可思議的溫度。
安奶奶持續低垂的頭，緩緩抬起。
結果……
啪啪、啪啪啪啪……左手邊傳來拍手聲。
仔細一看，是最年長的胖護士。
「奶奶，您實在可敬呀……」
啪啪啪……
年輕的男護士隨即加入拍手的行列。
啪啪啪……
這拍手聲，出自剛剛對安奶奶說「你，是誰啊？」的醫師。
拍手聲逐漸感染眾人，不久後病房裡幾乎每個人的手都動了起來。唯有上唇留著小鬍子的最年長醫師沒有拍手，但是他雙臂抱胸、數度頷首。
安奶奶在掌聲中仰望我。
「夏美……惠三他……」
以嘶啞的聲音如此低喃後，嬌小的安奶奶輕輕以額頭抵住我的胸口。接著，開始激烈啜泣。

「安，奶奶……」

我彷彿擁抱著幼小的孩子，緊緊抱住顫抖著背部一邊哭泣的安奶奶。然後就在毫不停歇的拍手雨聲中，與她一起放聲大哭。

◇　◇　◇

這還是我生平頭一次，走進醫院地下室那個暫時安置剛去世的遺體，稱為「太平間」的地方。那裡就跟電視連續劇中常看到的一樣，是間什麼都沒有的無趣房間，然而或許是因為日光燈將室內照得一片亮晃晃的，不僅比連續劇演出的場景明亮，入口大門也大大敞開著，不太有陰暗潮濕的感覺，對我而言實在是一大安慰。

太平間中備有幾張折疊椅。現在凌晨五點，地藏先生遺體周遭的椅子上坐著四個人。有我與安奶奶，還有接獲通知趕來的拓也的父親康晴先生以及雲月先生。拓也與小瞳都還是孩子，而美香太太必須照顧他們兩個，所以都在家裡待命。

時間稍過五點十五分時，遠方階梯傳來喀達喀達的敏捷腳步聲。

我反彈似地從椅子起身，到外面走廊去。

一個穿著清潔人員制服的男人，從走廊左邊內側猛然現身。男人小跑步而來。

「夏美。」

我反射性緊抱住他。

「死掉了，啦……」

「嗯。」

「地藏先生……」

「嗯，我明白。夏美，妳做的很好呢。」

慎吾輕柔撫摸我腦後的頭髮。

一看到慎吾的臉，原本緊繃的情緒隨之舒緩，哀傷同時捲土重來，當下感覺又要哭了。但是，我有意識地深呼吸，讓胸口深處的熱度消散，好不容易才忍住淚水。

我與慎吾一起走進太平間。

「安奶奶……」

慎吾一走進去便如此低喃。

「慎吾，去看看吧。表情，看來很好呀。」

安奶奶發出沉靜的溫柔嗓音。

「是……」

慎吾用雙手，輕輕掀開蓋在地藏先生臉上的白布。

如同安奶奶所言，地藏先生的臉龐非常安詳。緊閉的雙唇微幅上揚，看來簡直就像在微笑。

「真的……表情，看來很好呢……」

慎吾俯視地藏先生的臉龐，一邊輕聲說。說完，立刻以手腕擦拭雙眼。

他接著從胸前口袋，捏出什麼小小的東西來，輕柔放在地藏先生臉龐旁。

那是小小的，形狀不漂亮的，蒲公英花朵。

「慎吾，那是……」

「嗯。我過來之前順道去了一趟『竹屋』的別屋，只摘了一朵過來。都已經冬天了，還有呢……因為是晚上，花是闔上的就是了。」

慎吾小小嘆了口氣，慢慢回頭看向身後的安奶奶。

「安奶奶……」他略微低頭，以手指逝去湧現眼頭的淚水，一邊發出嘶啞的聲音。

「地藏先生，現在的臉龐……能讓我拍下來嗎？」

欸……？

沉默坐在折疊椅上的雲月先生與康晴先生，以出乎意料之外似的神情仰望慎吾。甚至是我都心跳漏了一拍，輪流望向慎吾與安奶奶。

但是安奶奶並未顯露絲毫猶豫，反而突然浮現一抹微笑。

「當然可以呀。如果是慎吾的照片，惠三也會很高興的。」

慎吾低喃：「謝謝您。」然後將背上的背包放到地上，取出愛用的Canon。

他將相機掛到脖子上，首先雙手合十對地藏先生默禱。

接著，他將一旁的折疊椅放到地藏先生臉龐旁邊、調好位置，脫下鞋子，站到椅子上。

慎吾採取由上而下俯視地藏先生的姿勢，架好相機。

喀擦、喀擦、喀擦……乾巴巴的快門聲，迴盪在太平間中。

我再次看著地藏先生的臉龐。

他最愛的蒲公英，還有平靜的微笑……

真的正如安奶奶所言。

地藏先生他，看來好像打從心底覺得開心。

第五章

相羽慎吾之「願」

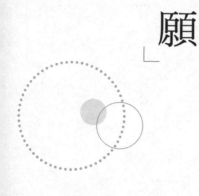

我照例將「Wagon R」停在「竹屋」前的空地角落。熄火後下車。
一踏上混合碎石子的地面，穿著喪服的夏美便縮著肩，環抱胸口。
「哇，果然冷耶。」
「山裡氣溫不一樣吧。看，地面還結霜呢。」
我雙手插入喪服褲子的口袋，黑色皮鞋隨即嚓嚓嚓地踩上陰影處形成的霜柱。
山間空氣冷冽，只要稍微吹到一點風，脖子的毛細孔感覺就會倏地緊縮。即便如此，仰望的天空是透明般的藍，我不自覺深呼吸。
「冷是冷，不過還好是晴天。」
夏美眺望著被黑白相間的喪家圍幕圍起來的「竹屋」，淺淺微笑。那是非常寂寞的微笑，卻好適合喪服喔，我這麼想。
「夏美，妳知道這種天空叫什麼嗎？」
「欸？叫什麼啊……『日本晴』？」

「唔，那也算是正確答案啦，不過像這種剛降霜的晴天，叫做『霜日和』喔。」
「霜日和？」
「對啊。很美吧。」
我邊說，嚓嚓嚓地持續踩在霜柱上。小時候在成長的故鄉長野，也常像這樣踩著霜柱到小學去上課。
「慎吾，還真博學嘛。」
「可不是。只不過，是看今天早上的電視氣象預報才知道的。」
又是氣象預報喔，夏美笑了。
「那，走吧。」
「嗯。」
我們朝「竹屋」邁開步伐。
店門前已經可以看到三三兩兩身著喪服的人，其中也有雲月的身影。他窸窸窣窣地搔弄摻雜白髮的蓬亂頭髮，以總感覺閒得發慌的表情杵在郵筒前。這麼適合穿喪服的人實在罕見。我不自覺差點笑出來。
「你好。」

我與夏美老實點頭問好，雲月以有些吃驚的樣子簡短低喃：「喔，喔～」隨即移開視線。光是有回應這一點，就已經算是很不得了的進步了，我決定這麼想。

一進店裡，所有的商品架都被集中到最右側。我從少了一台收銀機的架高室內段差那裡，試著窺探起居室。起居室的隔間拉門已被完全撤除，與內側和室連成一間。祭壇被靜靜地設在最內側。那是不論裝飾與花朵，都少到讓人一眼看得出來經費並不充裕的簡單祭壇以及棺木，然而既然是在如此簡樸的住家中舉辦的肅穆喪禮，也讓人覺得那情景相得益彰。

那張黑白的遺照，是我拍的。地藏先生在河灘上刺眼似地眯著雙眼，面露微笑。

「打擾了。」我們說著脫鞋，加入正忙東忙西的村裡婆婆媽媽。其中也有熟面孔，我們彼此打了招呼。康晴先生與美香太太也在。

往廚房探頭一看，發現安奶奶忙碌工作的背影。

「安奶奶。」

夏美輕輕戳了一下那纖細的肩膀。

「啊呀，夏美。慎吾也來啦……明明這麼忙，還特地跑這一趟，真是過意不去呀。」

「不會啦。今天不能幫忙，我們才覺得抱歉呢。」

夏美以雙手合十祭拜的姿勢道歉。我們各自有課、有工作，實在是沒辦法留宿幫忙籌備喪禮。

「沒關係呀。葬儀社還有互助會的人都來幫忙了。而且呀，美也子今天也打從一大早就來幫忙了呀。」

「欸？」

我與夏美的聲音重疊。然後四處張望，以雙眼搜尋美也子女士。

「剛剛請她去拓也他們家的酒鋪跑腿去了呀。」

「是喔。那，我們待會兒也得打聲招呼才行呢。」

「是啊。」我對夏美輕輕點頭，隨即看向安奶奶。「安奶奶，有什麼我們幫得上忙的地方，別客氣儘管說喔。」

「謝謝你們啊。不過，今天真的不要緊呀。你們就放輕鬆吧。」

在喪禮上，被人要求說「放輕鬆」還真怪呀，我雖然這麼想，姑且保持沉默……就在此時。

凜……

掛在緣廊屋簷下的生鏽風鈴，響起怡人音色。
我與夏美受到那音色的牽引，望向緣廊那邊。
「聽吶，惠三也在說『放輕鬆』呢……」
安奶奶淺淺微笑。

據說，現在離守靈還有一大段時間。
我與夏美獲准先去上香。
我們並肩坐在簡樸的祭壇前，仰望遺照。
「真是張好照片啊。」夏美說。
「是我照的嘛。」
「不是因為被照的對象很好嗎？」
「真敢講耶。」
相框中的地藏先生掛著孩子般的純真微笑，沉靜地俯視我們。我莫名想要有所回應，對他回以一笑。
夏美與我依序用粗蠟燭點燃香，再輕輕立在香爐中，噹地一聲將磬敲響，嚴肅地雙手合十。

一閉上雙眼，內心頓時混雜各種思緒逐漸沸騰，那種感覺很難與語言的輪廓相互連結。所以，我姑且在心裡試著說：「你好，地藏先生。」結果，遺照越看越像在微笑著說：「你們來了呀。」因為，地藏先生的聲音清清楚楚在我內心重現。

棺木上有扇讓人瞻仰死者遺容的對開型瞻仰窗。我們兩人在棺木前跪坐，我當代表輕輕打開那扇小窗。

隔著玻璃，能看見地藏先生的遺容。

遺體雖然經過化妝，仍掩飾不了惡劣的臉色，即便如此臉龐還是像在醫院太平間看到的一樣，嘴角浮現非常平靜的笑意。

「地藏先生果然在笑耶。」

我「嗯」地輕輕點頭，回應夏美的話，再次雙手合十。而夏美也立刻仿效我。

之後，我們走到店外。因為待在屋裡，好像真的也幫不上什麼忙，光是待在裡面感覺又似乎很礙事。

平常放在店門口的無靠背長椅，被挪到郵筒前。只見雲月獨自一人坐在那裡，所以我稍微點頭後，朝他走近。

「我們也能坐在這裡嗎？」
「隨便你們。」
「是，那就……」
我從郵筒旁的自動販賣機，買了三罐熱咖啡，一罐給夏美，另一罐往雲月那邊遞。雖然做好心理準備，想像他可能會說「不用」同時撇過頭，沒想到雲月竟然低喃：「不好意思。」就那麼接了過去。
我們自右邊開始依序是雲月、我與夏美，一起坐在長椅上，彼此不自覺地不發一語，逕自喝著咖啡。
遠方傳來凜、凜的風鈴音色。
「那個風鈴的聲音真好呢。」
我將空罐放在膝蓋上玩弄，一邊說。
「是地藏先生喜歡的東西。」
雲月維持面向前方的姿勢，這麼回答。聲音一如往常地粗嘎，也不討人喜歡，但是比起初相見那時，嗓音裡的尖刺已經少了一大半。所以，我決定豁出去試著問問看。
「地藏先生跟雲月先生，以前是什麼交情呢？」

雲月沒有回答我的問題，隨手將空罐扔進廢紙簍。他接著從喪服的胸前口袋拿出香菸，以熟練的動作叼起一根菸，用百圓打火機點燃。他緩緩吸進一口煙，然後往遠山方向吐出。

「恩人吧。」

「欸？」

「那個人，是我的恩人。」

我與夏美莫名地沒插嘴，只是等待雲月再次開口。

冷颼颼的風吹響緣廊的風鈴，接著將香菸的煙往右方推動流去。說不定雲月他，是確認過我與夏美位於香菸味不會上身的上風處後，才抽菸的……我想著這些。

「自己想想吧。」

「欸？」

「我這副德行的男人，搬到這種鄉下地方來，會怎麼樣？」

「會，怎麼樣啊？」

雲月吐著煙，同時噗嗤一笑。

「你啊，笨蛋嗎？」

「欸……」

「都沒有，所謂的『想像力』嗎？」

「可能，不太有吧。」

我搔著後腦杓一回答，身旁的夏美隨即咯咯發笑。

「會被當外人。村裡的這群人呢，有段時間老是遠遠圍著觀察我。像在看什麼奇珍異獸一樣。」

「那就是，所謂的『村八分』（註18）嗎？」

「也沒有那麼明顯啦，唔，類似的感覺吧。但是呢，這村裡也只有四個人，從沒把我當外人看待。」

「四個人，啊？」

「唔。你知道是哪些人嗎？」

我的腦袋轉動著。

「地藏先生，還有安奶奶，對吧……其他，還有誰啊？」

說到這裡，夏美首度笑著插嘴。

「慎吾，有夠鈍的耶。」

「欸……」

「我知道喔，剩下的那兩個人。」

「這個嘛……啊，對了。康晴先生跟美香太太嗎？」

雲月用鼻子哼笑了一聲。

「不對啦，真的，有夠鈍的耶。」

「那是誰啦。」

「不用說，一定是拓也跟小瞳嘛。」

「啊……」

我都想用力拍擊膝蓋了。是啊，的確如此。我會想起一屁股坐進雲月盤腿正中間的小瞳。

「雲月先生，我答對了吧。」

「唔，正確答案。」

註18 日本傳統農村中對於不守秩序、破壞團體和諧的份子，集體絕交、不相往來的制裁行動。

雲月將香菸湊到地面捻熄，仔細將菸蒂收進攜帶式菸灰缸後，接著繼續說。

「地藏先生他呢，把在這個人口過少的村子的生存方法，全都傳授給了我。」

雲月隨後眺望著呈現冬季枯萎色彩的遠方群山，有一搭沒一搭地對我們述說起過往的事。

雲月剛搬到這深山中的窮鄉僻壤時，每次只要到「竹屋」買東西，地藏先生就一定會說「進來喝杯茶吧」，請雲月步上起居室。而且，只要村裡的人來到店裡，就會持續介紹新面孔——雲月給他們認識。就這樣，不擅交際的雲月之所以能逐漸被村裡的人們認識，慢慢融入當地生活，完全得歸功於地藏先生。

「早知道，就應該先道聲謝。要是沒有地藏先生，我是不可能住在這裡的。」

雲月以吐露內心遺憾似的感覺說完，隨即猛然起身。接著，不發一語地朝店裡邁開步伐。

「那、那個……」

我對那寬闊的肩膀出聲，雲月還是不看向這邊，說著：「守靈前，先去向本人道聲謝。」然後消失在店裡。

被留在長椅上的夏美與我，面面相覷。

「雲月先生，其實是個可愛的人呢。」

夏美惡作劇似地對我笑。

「欸？可愛？」

「嗯。」

「有沒有搞錯。那樣子是哪裡……」

「可是他，事實上明明是個好人，只是有夠靦腆的，那種超級笨拙的地方，不是很像青春期的孩子嗎？」

「笨拙的青春期，呀……人家是佛雕師，雙手明明靈巧得很呢。」

「老天爺是不會讓一個人十全十美的，對吧。」

「是啊。」

我們咯咯發笑。

彷彿在回應我們的笑聲一般，後山竹林也沙沙喧鬧。冷風隨即吹了下來，緣廊的風鈴凜、凜作響。

就在此時。一輛掛著東京品川區車牌的白色轎車，滑進「竹屋」前的空地，一名男子隨後下車。

穿著黑色喪服的男子緩緩朝這邊走來。男子一頭短髮，中等身材，年齡看來大概三十五歲左右。

「慎吾……」

「嗯。」

我與夏美光靠這樣的對話，就心有靈犀地充分瞭解彼此想說什麼了。

因為逐漸走近的男子面容，讓我們自然有所反應。

那表情沒什麼特別，看來卻像掛著吟吟微笑的面容。

男子終於來到店門前。接著，對楞楞呆在一旁的我與夏美，投以沉穩一笑。

「那個，想請問一下，福井安惠女士在裡面嗎？」

我與夏美面面相覷，然後對彼此頷首。

「在是在……」我說。

「不好意思，您，該不會是公英先生吧……」夏美說。

「欸……」

男子面露驚訝，輪流看向我與夏美。

「你們怎麼會，知道我的……」

聽到這句台詞的瞬間，我不禁開心地雙手用力握拳高舉，並且站起來。
「我們一直在等你。就想說，今天或許能見到你呢。」
「欸？這話怎麼說？」
「我們會再告訴你其中的理由。能耽誤你一點時間嗎？」
「喔……唔，是沒問題啦。」
公英先生顯露著看似困惑的笑容，但是那樣的笑容也好棒。因為，跟地藏先生一模一樣。

人在店門前總感覺靜不下來，所以我請公英先生一起到河灘去。就在我們以悠閒的腳步，步下林間坡道的同時，我簡單介紹了自己與夏美。
「所以，簡單來說，你們是我親生父親的朋友囉？」
「是的。說朋友嘛，感覺比較像是河川遊樂的師徒關係就是了。」
我說這句話時，正好抵達河灘。
「這條河真美。你們以前跟父親一起玩的河就是這裡嗎？」
公英先生與地藏先生一樣，覺得刺眼似地瞇著雙眼，嘴角浮現溫厚笑意，一邊眺望河面。

「是的。就是這裡，每天……」

「這樣啊。我也真想在場呢。」

公英先生拾起腳邊的鵝卵石，朝對岸扔去。石頭劃出一條圓滑的拋物線，撞上山壁，喀恰一聲掉進流水。那扔法感覺很熟練，說不定年輕時曾加入棒球社之類的。

「我的父親，是什麼樣的人啊？」

公英先生拾起第二顆小石子，一邊這麼問。

「地藏先生是他的綽號，他生前深受每個人的愛戴呢。」

夏美以緬懷過去的眼神回答。

「而且，長相跟公英先生一模一樣呢。」

我補充。

「欸？是喔。所以才會剛剛一看到我，心裡立刻就有底了呀。」

「對啊。我們之前也見過美也子女士，所以可能更瞭解公英先生的長相吧。」

夏美這句話，似乎讓公英先生大吃一驚，隨即轉向我們。

「這麼說來……聽說你們是在海邊的醫院，與家母見面的，是嗎……」

我們大大點頭。

「這樣啊。你們……我從母親那裡聽說了喔。」

既然如此，說明起來方便多了。

我於是立刻切入正題。

「事實上，我有東西想交給公英先生。」我說著，從喪服口袋拿出一張破舊的照片。邊緣破破爛爛、褪色的……「是這張照片。」

公英先生接過照片，專注凝視。

「這照片是，我與母親吧……」

「是的。但是，想讓你看的不是照片，而是背面。」

「背面？」

公英先生說著，將照片翻面。

藏青色墨水的鋼筆所寫下的，兩個字。

謝謝

「那個呢，是地藏先生寫給你的話喔。」
「這是，寫給我的？」
「是啊。」
夏美說到這裡，換我接著往下說。
「地藏先生也是由單親媽媽獨力扶養長大的獨生子，所以曾經覺得很寂寞，但是聽說他的母親安奶奶每次、每次都跟他說，真的很謝謝你，出生來當媽媽的孩子……他對我們說，那句話成了他的心靈支柱。他還說，當初是因為希望美也子女士與公英先生幸福，所以對離婚那件事並不後悔，但是內心還有一個遺憾。」
公英先生俯視照片的臉龐抬起。他以親人狗兒般的雙眼，沉默地凝視我們。
這次換夏美開口。
「那所謂的遺憾，就是沒辦法對自己的孩子公英先生，說出從安奶奶那裡聽到的相同話語。『真的很謝謝你，出生來當我的孩子』。他對於沒能對你說出這句話，遺憾得不得了，想說至少寫在那張照片背面也好，所以地藏先生才會寫下那兩個字的……」
「所以寫在那裡的『謝謝』，其實是對公英先生傳達的訊息：『謝謝你，出生來當我的孩子』。」

說出來了。終於，說出來了……

地藏先生早在三十多年前，始終想要傳達給兒子的心聲，現在終於傳達出去了。

我覺得雙肩頓時放鬆，「呼」地輕吐口氣。

「這樣啊。父親他，將這個……」

冬季的河風吹過。與夏天不同，是聞不到森林氣息的風。相對的，有股非常肥沃的腐葉土氣息。

潺潺流水聲，與地藏先生還在的夏天當時毫無二致。而那樣的聲音，如今是在相同的地方，與公英先生一起傾聽呀。

公英先生的雙眼，再次移向地藏先生寫的那兩個字。然後，他的視線維持不動，一邊說。

「這張照片，可以給我嗎……」

「當然。這是寫給公英先生的話呀。」

我以神清氣爽的心情回答。

安奶奶的份已經複製好了，沒關係吧……

「其實我。」公英先生緩緩抬頭。「下個月，孩子就要出生了。」

「欸！那真是恭喜你了。」

「好棒。那不就是安奶奶的曾孫嗎？」

我與夏美雀躍不已，衝著彼此笑。

「我決定好孩子出生時，要對孩子說的話了。謝謝你，出生來當我的孩子。」

我與夏美都難以言語。只是，「哈」的一聲吐出類似放心的嘆息。明明事不關己，卻總覺得內心有股漲得滿滿的暖意。

「雖然只有兩個字……還真厲害呀。以前可從沒收過，這麼讓人開心的情書呢……」

公英先生「哈哈哈」地輕笑，然後以指尖輕拭滲出的淚水。

此時，我突然想起一件重要的事。

「對了，公英先生。請問，你知道自己名字的意思嗎？」

「當然知道喔。是蒲公英吧。」

「啊，你果然知道啊。」

「我從母親那邊聽說，是因為父親好像很喜歡蒲公英。」

公英先生說著，視線再次落至破舊的照片。

「所以呢，就算我對父親一無所知，只要被別人呼喚『公英』這個名字，還有在路旁發現蒲公英的時候，就會很不可思議地感覺跟陌生的父親很親近。」

我看著夏美。夏美也看著我。

「我這叫做『公英』的名字……」

「……」

我們沉默緊盯公英先生的嘴角。

「是父親，留給我的遺物呢……」

聽到這句話的我，再次嘆息。

那是彷彿邂逅大大的彩虹一般，難以言喻的清朗心情。

然後，夏美這麼呢喃。

「真的有耶。所謂的『奇蹟』。」

出席喪禮的人數，頂多三十個上下。

人數雖然不多，但是每個人都由衷哀悼地藏先生的逝去，並對安奶奶深表同情。

尤其是在守靈時，眼見拓也與小瞳哇哇大哭地各自在地藏先生的棺木上，獻上一朵蒲公英的花朵，每位出席者都再也忍不住決堤的淚水。

安奶奶起初還挺直腰桿，表現堅強，直到看見美也子女士、公英先生還有淚流不止的雲月上香那時候開始，便完全沉浸於哀痛之中，總覺得整個人看起來變得好嬌小。

儘管如此，安奶奶之所以能夠勉力從隔天告別式撐到最後的喪家答謝宴，讓喪禮順暢走完該走的流程，無疑地是因為全心支持安奶奶的鄰近人們的存在，以及與孫子公英先生的重逢。

喪禮期間，公英先生一有機會就會湊到安奶奶身邊，窸窸窣窣地持續對她說話。而隨著每一次的交談，安奶奶與公英先生之間長期分隔兩地的時間隔閡，似乎確實被血緣羈絆慢慢填補。就在短短兩天之間，兩個人看起來似乎已經恢復到「孫子與奶奶」的溫情關係了。

◇　◇　◇

順利辦完四十九天以及納骨等法事，並且將喪家回禮全都送完後，這才似乎終於看見黏在安奶奶表情上的緊張薄膜剝落。話雖如此，擔任孩子喪禮喪主的父母，似乎不論身心都如同走鋼索被逼到緊繃極限，平常看來就已經夠嬌小的安奶奶，看起來又縮小了一號。

山村這裡，迎接了一年中最寂靜的二月。

我與夏美還是老樣子，只要能騰出時間，週末就會在「竹屋」的別屋度過。安奶奶也是，雖然顧慮到我們的情況沒說出口，內心有部分其實是滿心期待著我們的到來。

「夏美跟慎吾呀，如果真是我們家的孩子就好了呀……」

因為，她都已經數度吐露這句話了。

從地藏先生的喪禮，到算來第四十九天為止，正好大概正中間的某一天，我發生了一件稍微值得一提的事情。

我在大學上完課，傍晚一回到公寓，發現信箱裡插著一個橘色信封。

我本以為是什麼ＤＭ，不以為意地抽出那個信封，不過當我看到信封上印有某著名出版社社徽的那一剎那，心臟頓時兩拍、三拍地不規則加速跳動。

我明明沒做壞事，當下卻心虛地四下張望，緊接著等不及進房，就在信箱前拱著背忙著拆開信封。

信封中放著一張三折的Ａ４紙。

我抽出那張紙，打開一看……

下個瞬間，感覺到內心噗地變成一片「空白」。

緊接著，那片「空白」又花了點時間才一點一滴地再次被歡喜充滿……我才這麼思考，隨即下意識大叫一聲：「哇塞！」逕自開心地高舉拳頭。

我火速從肩背包中拿出手機，按下快速撥號的「１」。

夏美在第三響時接了電話。

「慎吾，哈囉，怎麼啦？」

與滿心歡喜地直想跳舞的我相比，夏美發出的卻是呈現極大溫度落差的悠哉嗓音。一聽到那樣的聲音，惡作劇的念頭稍微在內心萌芽。所以，我為了暫時壓抑高漲的情緒，姑且先深呼吸。然後，才故意發出沮喪到極點的聲音說：「啊……夏美……」

「欸……？怎麼回事？慎吾，發生什麼事了嗎？」

「嗯……有點事，實在有夠誇張的。」

「實在有夠誇張，的事……」

手機那頭，傳來似乎有人倒抽一口氣的感覺。

「我真的不敢相信耶……」
「等，等一下，慎吾？你還好嗎？」
「……」
「我現在就過去，好嗎？」
「嗯，不好意思，可以嗎……今天，有點……感覺上沒辦法一個人獨處耶。」
就在這個時間點上，我都已經差點要爆笑出聲了。
「知、知道了。我馬上過去。我騎摩托車趕去，很快就到，你等我一下下喔。」
「嗯。不過，妳來的時候啊……」
「欸，嗯，什麼？」
「可不可以幫忙買香檳跟下酒菜啊……」
「欸……？」
「香檳，便宜的就好。」
「欸？」
「假香檳，也行啦。」
「欸？什麼東西？奇怪……慎吾，你在笑嗎？」

我已經再也忍不住，爆笑出聲。

「欸！等等，什麼嘛。怎麼回事？所以現在很沮喪，是騙人的喔？」

「啊哈哈哈，我沒說過現在很沮喪啊。因為真的發生了讓我不敢相信的事情，今天感覺上沒辦法一個人獨處嘛。要是不能跟夏美用香檳乾杯，痛快地大醉一場，感覺上好像會衝到新宿正中央，脫光衣服跳舞之類的。」

直覺很準的夏美，此時「啊」地大叫出聲。

「慎吾，你該不會是……」

「該不會……什麼？」

「月刊《寫真世界》的……」

「《寫真世界》的……什麼？」

「比賽……入選了之類的？」

「答錯囉～」

「欸？啊，抱歉……不是喔。」

「不是入選……」

「欸？」

「不是入選，是什麼呢？」
「欸……落選？」
「大傻瓜！」
「欸？什麼啦～？」
「可別嚇到喔。我奪下了最優秀賞耶！」
話筒那頭傳來「呀～」的開心叫聲。
「真的假的，好厲害！我現在立刻過去。香檳等我到那邊，再一起出去買啦。」
「嗯，知道了。那我等妳。騎車小心喔。」
「遵～命！」
掛上電話後，我獨自仰望東京冬天的發白天空。
感慨萬千的嘆息不禁逸出。
月刊雜誌《寫真世界》在業界中，也是地位最高的雜誌之一。沒想到，那比賽的最優秀賞竟然被我奪下……
我的思緒馳騁至遠方的「竹屋」。難道是天堂的地藏先生讓我得獎的嗎？我開始半認真地這麼想。

之所以會這麼說，是因為我向《寫真世界》攝影賽投稿的，就是從那個夏天拍攝下來的照片中，篩選出四張所組成的照片作品。

那四張照片分別是在田埂上奔跑的拓也與小瞳的遠景、把臉湊近螢袋的夏美側臉、在逆光中TENKARA釣的雲月，還有地藏先生與安奶奶在夕陽中牽手前行的剪影。

作品主題訂為「夏風的氣息」。

月刊《寫真世界》編輯部寄來的信中說，我得獎的照片會大幅刊登於二月上市的那期雜誌，獎金十萬圓也會匯入戶頭。

我的心情是迫不及待的。

好想立刻將雜誌供奉於「竹屋」佛壇前，向地藏先生報告得獎消息並道謝。但是我還是決定，在拿到能夠展示刊登作品的雜誌前，先對安奶奶保密。因為開心的消息，還是搭配驚喜最好。

◇　◇　◇

情人節前夕的週五。

約一個月以來，持續苦悶期盼的《寫真世界》作品刊登雜誌，被寄到了信箱中。我一發現，不管三七二十一火速衝進房內，在兼具一般矮桌功能的暖被桌前跪坐，畢恭畢敬地拆開封口，然後以顫抖的手指翻開雜誌頁面。

作品被作為刊頭特輯，以跨頁大幅刊登。而且，評審委員長還是國際知名的風景攝影大師之一，同時也是我崇拜的武內芳信老師，他的評論讓我更是開心地快要飛上天。

『這組照片，讓我毫不猶豫地選評為最優秀賞。乍見之下，作者擁有紮實的攝影技術這點無庸置疑，然而更重要的是，就連理應看不見的「聲音」或「氣味」都被各自拍進了每張照片之中，這才是本作品的絕妙之處。因為，這組照片除了二次元的畫面，更飽含三次元以上的資訊，向觀賞者傾訴。這位作者絕對是透過濾鏡，以帶著深刻慈愛的雙眼，眺望著攝影點與被拍攝者。這是一組成功將充塞內心的新鮮感動，原封不動地封存於所謂「照片」的二次元載體的優秀作品。我非常期待這位遠遠凌駕素人水準的作者今後的表現。』

在夏美到我家來之前，我一而再、再而三地反覆閱讀這段評論，一個人咧嘴傻笑。

由於擔心在這二月中旬騎摩托車跑長途，身體感覺會凍僵，而且山村地方說不定還會突然下起雪來，所以後來還是開我的「Wagon R」前往「竹屋」。

途中，夏美在車裡數度翻閱剛寄到的《寫真世界》，接連吐出如「你做到了耶，慎吾」、「我一直都相信你可以的呢」、「你本來就是個有才華的人嘛」、「希望快點向安奶奶與地藏先生報告，讓他們開心呢」等，讓人怪害臊的台詞。

手握方向盤的我，為了讓那不像話地直想放鬆失守的面頰肌肉繃住，實在是煞費了苦心。

我們抵達「竹屋」時，約莫是隆冬的太陽正逐漸落至西山那頭，真的就是開始西沉之際。

我照例將車停在空地，一走進店裡，收銀那邊今天果然還是沒有人顧，而安奶奶則獨自縮在起居室的暖被桌中，茫然看著電視。

「安奶奶，您好。」

我們在收銀後方架高室內的段差那邊脫鞋，踏上起居室。

「唉呀呀，到了嗎。今天很早耶。」

安奶奶一看到我們，表情整個亮了起來。
「這麼早來呀，是有原因的喔。安奶奶，快看看這個。」
夏美說著：「鏘～」在暖被桌上翻開《寫真世界》的刊頭頁。
「嗯，雜誌嗎？什麼、什麼………哪裡呀？」
安奶奶往暖被桌上方探出身子，窺視攤開的頁面。
然後……
「唉……唉呀。這、這是……」
安奶奶小小的眼睛瞪得老大，一邊仰望我。
「慎吾，這可真不得了呀。奶奶都嚇了一跳，還以為心臟要停了呢。」
我覺得不好意思，「嘿嘿嘿」地笑出聲。接著，重新端正跪坐，正視安奶奶。
「我能得到這個獎，靠的全是讓我們住在這房子別屋的安奶奶與地藏先生。真的，非常謝謝您們。」
我說著，低頭致意。
「沒有那回事呀。慎吾的照片打從一開始就照得很好呀。」
「慎吾。也得向地藏先生報告才行。」

「嗯。安奶奶，請讓我上炷香喔。」

「聽到這事兒，惠三也會替你開心的呀……」

我們三人一齊在佛壇前上香，供上雜誌、雙手合十。

地藏先生，託您的福，現在覺得我將來的路好像稍微變得寬廣了。真的，真的很謝謝您……

我在內心由衷道謝。

佛壇旁的遺照，一如往常地頂著如孩子般的純真微笑，望著我們。

當天的晚餐，決定由我與夏美一起煮咖哩。食材已經在來這裡的途中買齊了。

「安奶奶您呀，偶爾就坐在暖被桌裡看看電視，好好休息一下嘛。」

看到安奶奶想來廚房幫忙，夏美原本想帶她回起居室，但是安奶奶說什麼都不放下菜刀，結果就變成三個人一起煮。

仔細想想……對於安奶奶而言，與其一個人等飯做好，還是三個人一邊聊天一邊做飯比較開心吧。

開始煮飯後沒多久，我無意間打開冰箱想拿食材時，感覺有些鬱悶。因為，冰箱幾乎都空了。

地藏先生不在以後，安奶奶是不是覺得提不起勁站到廚房裡呀？料理這回事，得有人吃，才會卯足全力去做的。要是只有自己一個人，就會想要隨便吃吃，打發過去就好。獨居的我，很能瞭解這種心情。

這一陣子，總覺得安奶奶似乎眼看著越縮越小，情緒低落應該也有關係，不過她在生活中也不太吃東西吧。今後，多做些像今天的咖哩一樣可以久放的食物帶過來，然後不著痕跡地留在冰箱中，怎麼樣呢？……我削著馬鈴薯皮，思考這些事。

另一方面，話說女性陣營呢，則悠哉地熱烈大聊村民們的八卦。

「雲月先生呀，四十九天的法事結束後，也每天都過來上香呢。」

「那個人，果然，是個好人耶。」

「是呀。惠三死後，這村裡最悲傷的人，大概就是雲月先生了呀。」

「聽說雲月先生剛搬來的時候，受到地藏先生很多照顧嘛。這是雲月先生在喪禮那天，自己說的喔。」

「那個人呀，真是個笨拙的人呀，惠三也沒辦法放著他不管呀。」
「那麼可愛的人，哪有辦法放著不管呢，是不是。」
「說得也是呀。」
就連安奶奶，也覺得那個雲月，可愛嗎？……我埋頭削馬鈴薯皮，一邊被迫思考起「母性本能」這句話的意義。
「話說回來，安奶奶，您和公英先生後來怎麼樣了？」
夏美一換話題，安奶奶的雙眼隨即出現平靜光芒。
「那孩子真是個善良的孩子呀。四十九天之後，還是常打電話來問候說『奶奶，最近好不好』呢……」
「這樣啊……安奶奶，太好了呢。」
「真的呀。」
這個時候，安奶奶正在切洋蔥的雙手停了下來，深深嘆息。看她瞇著眼睛微笑著，可知那是個幸福的嘆息。
「能好～好地照顧身體不方便的兒子，活到這把年紀能跟孫子感情變好……奶奶呀，已經，什～麼遺憾都沒有了啊。這一切，也全多虧你們兩個，慎吾跟夏美來到家裡來的緣故呀。真的很謝謝呀……」
我與夏美望向彼此。
「拜託，安奶奶，別那麼說嘛。」
「道謝這回事呢，得趁能說的時候趕緊說出口呀。」
「不是那個意思啦，別說什麼『沒有遺憾』嘛，總覺得好沉重喔……」
我也停下削馬鈴薯皮的動作，在夏美身旁點頭。
結果，安奶奶卻一派輕鬆地笑了。
「不～用那麼擔心呀。奶奶還不會死啦。會說『沒有遺憾』，意思是說奶奶現在很幸福呀。」
「那樣就好。」
「公英說，不久後會再來玩喔。而且還說會來家裡過夜呢……奶奶正盼著呢，所以還不會死呀。」
「欸？公英先生要來過夜啊。」
「因為那孩子是個善良的孩子呀。」
「太好了。」

安奶奶「嗯」的一聲，流露少女般的微笑。

當廚房的空氣再次明亮起來，三人原本停下的手又開始動作。

不久後，「竹屋」的老舊廚房中便洋溢著咖哩的香味，還有一如往常的愉快氣氛。

在夏美的指導下，溶入巧克力與即溶咖啡的咖哩完成了。

我提心吊膽地試了試味道……

「喔～這個，好好吃喔。」

「是不是！」

沒想到，竟然完成了一道兼具濃郁與深度的「成年人的咖哩」。

三人鑽入暖被桌，大啖咖哩。

邊吃邊聊到的話題，是拓也與小瞳。他們兩個還是孩子，聽說看了成為遺體的地藏先生、在火葬場揀骨之類的，是很震撼的體驗。然而正因為是孩子，振作得也很快，最近好像又若無其事、活力十足地到處玩耍，也會像以前一樣頂著開朗的臉龐，來到「竹屋」買東西。

「只是呀，他們每天一大早搭上開往學校的公車的樣子，看了總覺得寂寞呀……」

以前每天早上，他們總會打開公車車窗向地藏先生說：「我們走～囉！」那樣的習慣，現在也沒了。

「自從惠三走了以後呀，那兩個孩子一搭上公車，就會沉默地呆呆望著窗外呀，那神情總有股難以形容的寂寞呀。雲月先生也說了，想盡可能為他們做點事呀。」

「是喔……再也沒有人目送自己離開了，對孩子來說，會覺得很寂寞吧。孩子呢，有時候很意外地常會因為大人沒注意到的地方，而留下創傷呢。」

就在夏美說出這番很有幼稚園教師本色的台詞時……

我睽違已久地靈光一閃，腦海中劃過點子的流星。

「啊，對了。」

我不自覺出聲道。

「欸？突然在說什麼啊你，慎吾？」

「啊，不，沒什麼事。只是稍微想到學校的作業……」

我隨便找個理由敷衍過去。現階段，還是別說出那個點子比較好。畢竟，都還不知道能不能實現啊。

這一切……

是的，因為這一切全都取決於那個男人。

隔週，夏美為了籌備幼稚園的畢業典禮而忙得不可開交，無論如何都無法在「竹屋」露面。

◇◇◇

而我呢，為了實現之前提過的點子，正一步步打點事前的準備工作。

首先，是打電話給長野經營釀酒廠的老家，成功說服他們將酒廠最貴重的酒寄來。我向父母報告奪下《寫真世界》最優秀賞，說想好好慶祝一番拜託他們割愛，好不容易才讓他們答應寄了一瓶一升瓶裝的過來。

畢竟那款酒擁有濃郁的完美香味，喝下一口頓時會讓人懷疑舌尖上綻放出絕美花朵；滑過舌頭的口感同樣是無與倫比，是味道圓潤醇厚的美酒。這款酒每年只釀一槽，價格不容小覷，而且因為稀少性，在拍賣網站上的交易價格都有數萬圓之譜。是連我這個釀酒廠之子，都不太容易喝到的夢幻酒款。

總算弄到那款酒後，我接下來用印表機，印出地藏先生去世時在醫院太平間拍下的

「遺容」。

就這樣，拿著好酒以及好相片的我，連忙獨自上了「Wagon R」，踩下油門朝往來無數次的熟悉山村駛去。

當我抵達「竹屋」時，冬季纖弱的太陽已經開始往西方天空傾斜，隆冬的天空這天同樣晴空萬里，相對地急凍的空氣卻冷冽徹骨。

我用夏美在情人節送我的藏青色圍巾，將脖子圍好後下了車。

我立刻進入「竹屋」，從收銀後方窺探起居室，安奶奶今天也縮在暖被桌裡茫然看著電視。是因為老是一個人獨處的關係嗎，她的側臉看來非常木然。雖然視線對著電視畫面，內容卻幾乎沒有進到腦子裡去……看來就像是這樣的臉龐。

「您好。」

我站在收銀後方，沒有脫鞋在原地直接打招呼。

安奶奶看來吃了一驚，轉向我這邊。

「啊，慎吾。你來啦。」

安奶奶的臉龐浮現情緒的光彩。那變化就像是枯萎的花朵吸了水，頓時挺直腰桿重新綻放。

「怎麼了，快上來呀。奶奶泡杯熱呼呼的茶給你。」
「嗯。可是今天上去之前，有個地方想先去一下。」
「有地方想先去一下？」
「雲月先生那裡。」
安奶奶似乎有些費解地微微歪頭。
「為什麼，得要到雲月先生那裡去呢？」
「有點事，想跟他說……可不可以告訴我，雲月先生他家要怎麼走？」
「可以是可以呀，不過奶奶自己也沒去過雲月先生家呢。惠三提過的路，倒是可以告訴你呀。」
「謝謝奶奶。」
就這樣，我請安奶奶告訴我「雲月庵」該怎麼走。我畢竟在這個村裡紮紮實實地生活了一整個夏天，光靠粗略的口頭說明，就已經充分瞭解了。
「那我先去一下就回來。」
我對安奶奶揮手，然後走到店外。
首先從「竹屋」這邊看過去，有條與河川相反方向的靠山側小徑，我悠哉地在小徑上前進。明明是走得悠哉悠哉的，結果才沒過多久，就再也看不見小村子裡的民房了。取而代之出現在眼前的是，被猴子與山豬恣意破壞的梯田，穿越那些田地後左轉，道路左右隨即變成冬季枯萎的寂靜森林。就這裡開始，就只有一條路了。

我仰望眼前這片樹葉凋零、只剩枝條的闊葉樹森林，發現隨處都有鳥兒以細枝築巢的痕跡。幾乎所有鳥巢，都被築在那種枝葉繁茂的季節不會被發現的高處。

這個世界，雙眼所見的並非一切呀。

我也像夏美，思考了一下有些哲學性的東西。

當我走向往左拐的彎道時，正巧與有條毛茸茸尾巴的日本松鼠四目相接。牠正好就在視線與我同高的樹枝上。我停下腳步，有好一會兒就這麼凝視松鼠圓滾滾、閃亮亮的漆黑眸子。要是帶著相機跟長鏡頭就好了……正當我有些懊惱時，松鼠倏地轉身在樹枝間跳躍，一邊消失在森林深處。

從這裡開始，小徑是筆直地一路通到底。盡頭處可以看到一間樸實的木造平房結構老屋——是「雲月庵」。

老屋佔地入口，有個單憑兩根豎起原木搭成的門柱。但是門柱上沒有門鈴也沒有門扉。大概是因為佔地被森林團團包圍，所以房子周遭連圍牆都沒有。還真是一棟隨便人類或動物自由進出，通風真的很好的房子。

我穿過門柱旁，踏入堆滿落葉的佔地內，然後在老舊的玄關前停下腳步。這裡沒有門牌，玄關的格柵拉門上倒掛了一塊天然木板，上頭以書法寫著「雲月庵」。

我微微拉開那扇格柵拉門，往屋內出聲。

「不好意思。雲月先生，請問您在家嗎？」

正當我豎耳傾聽有沒有回應時，腳邊突然有一團黑黑的東西竄過，一溜煙地從格柵拉門縫隙滑進屋內。

「哇！」

我大吃一驚，不禁原地跳了一下。

剛剛竄入屋內那黑黑的一團，是貓。

貓咪一上玄關就停下來，回頭望向我，隨即以游刃有餘的臉龐對我「喵嗚」了一聲。然後，就在沒有絲毫腳步聲的情況下，消失在屋內深處。

雲月以前在「竹屋」買過大量小魚乾，一定是用來餵這隻貓的吧。

「打擾了！」

我再次高聲叫喚。

結果……

「不要大聲鬼叫個沒完啦。」

有人突然從背後這麼說，害我差點又嚇得跳起來。

「哇！」

心臟噗通噗通鼓動的我一回頭，發現雲月就站在那裡。他還是穿著那套工作服，外面加了一件黑色羽絨外套，雙手提著兩個購物袋。是出門去，剛回來嗎？

「哇什麼啊。幹嘛。」

「啊，啊，那個……」我等心跳恢復正常後才開口。

「那個，其實，有點事，想要拜託您。」

「拜託我？」

雲月雙眼流露詫異，像在舔什麼似地從我的指尖掃視到頭部。

「這件事情，只能拜託雲月先生。」

「……」

「所以，就算是一下下都好，希望能與您商量一下……」

冬季枯萎的森林中，吹來一陣帶著泥土氣息的冷風。

「還真冷。」

「欸？是的，很冷。」

「你繼續杵在那裡，我是要到什麼時候才能進自己的家門啊？」

「欸？啊，不好意思。」

我退到玄關一邊。

雲月走過我身邊，在土間脫鞋，接著在剛剛那隻貓回頭的地方，轉向我。

「快把門關上。」

「欸……」

自己應該走進玄關把門關上呢，還是被人家下了逐客令呢，我不明白到底是哪個意思，只好不知所措地佇立於原地。

「在幹嘛啦。不是有話說嗎？」

「啊，是。」

我在雲月的催促下進入玄關，緊緊拉上格柵拉門，說著：「打擾了。」在土間脫下鞋子。我將脫下的鞋子擺放整齊後，隨即跟在雲月身後。穿過連接房屋東側的走廊，走到底左轉，前方有個以原木條構成的寬闊空間，是個一眼望去少說也有十五坪的大廳。

「進來。」

「是。」

果不其然，那裡就是雲月的工坊。

工坊中瀰漫著被削下的木頭所散發的芳香。而率先躍入眼簾的，是一座高度隨便都超過兩公尺的龐大木雕像。

「這、這是……」

「還沒完成的仁王。」

雲月為柴燒暖爐點火，一邊若無其事地這麼說。但是那尊木雕像逼真到讓人難以想像是「還沒完成」，全身散發出甚至讓人恐懼的氣場。

我如今真的就是被仁王由上往下瞪視著，在難以言喻的沉重壓力下，「咕嚕」一聲嚥了口口水。

隆起肌肉的躍動感、情感流露的神情。還有，那甚至已經是活靈活現的眼神力量。

雲月雕出的佛像被稱為「栩栩如生」，就是這麼一回事呀。不論是指甲根部、手掌皺折、鎖骨角度、牙齒排列，一根根的眉毛……總而言之，這尊木雕像任何細微處的雕工之細膩，在在讓人難以置信。

「那裡有座墊。隨便坐。有咖啡，要不要？」

「啊，好。不好意思。」

雲月又飛快走出工坊。

一旦獨處，偌大的空間隨即被靜謐包圍。隱約只能聽見，柴薪在柴燒暖爐中啪嚓、啪嚓的爆裂聲。

我從仁王左後方拿了座墊，謹慎選了一個不會與仁王對上眼的地方坐了下來。然後移動視線、四處張望，觀察工坊內部。這是個除了鋁製工作梯以及木雕用雕刻刀等工具之外，沒什麼其他特別東西的空間。

「很稀奇嗎？」

雲月回來了。雙手捧著的小拖盤上，放著兩個素燒咖啡杯。

「是的。我從來沒看過這種工坊。」

捧著拖盤，雙手不得閒的雲月用腳踢著座墊，一路踢到我面前。然後，一屁股坐下盤起腿。他將拖盤放在我們兩人之間，說著：「是即溶的。」拿起其中一杯遞向我。

「謝謝。」

我喝了口咖啡。還真喝不慣黑咖啡耶……我才這麼想，雲月也啜飲了一口，如此低喃。

「果然難喝，即溶的黑咖啡。」

「欸……」

「牛奶，忘記買回來了。」

這人，平常都會加牛奶呀，這麼一想，心頭莫名湧現親近感。

「你呀，是第二個。」

「什麼第二個？」

「來這裡的人。」

「第一個是……」我已經知道答案。「地藏先生吧。」

「唔。」

雲月將喝到一半的咖啡放到地板上，眼神轉向位於高處的窗戶。窗外是向晚將臨的寂靜森林。玻璃那頭只見猶如葡萄柚果肉般不屬於白天、也不屬於黑夜的曖昧色彩，以及葉片凋零的群樹樹枝。

雲月的側臉，看起來比以前蒼老一些。初相見時散發出的那種刺眼的恐怖氣場，感覺上也減弱了。地藏先生的死去，或許也讓雲月像安奶奶一樣，又變成孤伶伶的一個人了。

既然如此，就更應該……

我對雲月的側臉出聲。

「那個，我剛剛也說過了，有事情想要拜託您。」

雲月的視線從窗戶那邊轉回來。他定定逼視我，面無表情地不發一語。

「啊，對了。在那之前，這個……」

我從帶來的紙袋中，拿出淡藍色的一升瓶裝酒，遞向雲月。和紙標籤上，以柔和的書法筆觸寫著「純米大吟釀　心驛動」。

雲月並未對那一升瓶裝酒伸手，只是俯視著。

「唔，這酒是我老家釀造的酒。不介意的話……」

「你老家，是經營釀酒廠的？」

「是的。」

「不繼承，家業嗎？」

「有個遠比我能幹的哥哥在。」

我如實這麼說，雲月隨即以鼻子哼哼發笑。但是，那與其說是看不起人的笑，反倒比較像是有點愉快的笑……感覺上是這樣。

「所謂的次子，實在輕鬆呀。」

話說回來，雲月不也是次子嗎？據地藏先生所言，確實是茨城縣一處寺院的兒子，家業是由哥哥繼承的。所以說，這人與我的境遇相似呢。

「所以，是想拜託什麼？」

總算進入正題了。

我這次從紙袋中，拿出列印的照片，輕輕放到雲月面前的地板上。是拍攝地藏先生「遺容」的那張照片。

即便是雲月，看到這張照片也不免有些驚訝，瞪視般地仰望我。

「這是，怎麼回事？」

我稍微深吸一大口氣。然後，說出了口。

「我希望請雲月先生雕刻地藏菩薩。」

「啊？」

雲月眉頭深鎖。

我在緊張之餘，瞬間暫停呼吸。

是什麼時候跑進工坊的呢？剛剛那隻黑貓挨近雲月盤腿的膝蓋磨蹭著。接著，輕巧地躍入盤腿正中央，蜷縮在裡面。黑貓只留下長長的尾巴在雲月大腿上，尾巴前端打節拍似地咚咚擺動。

雲月搔著黑貓下巴，一邊開口。

「是想要我……雕刻這張照片的地藏先生。還是要雕刻地藏菩薩。」

「希望您能以地藏先生為藍本，雕刻出地藏菩薩。」

雲月眉間的皺紋更深了。

「說說理由。」

「我想把地藏菩薩放在『竹屋』前，面向公車站那邊。」

雲月停下搔弄黑貓的手指，目不轉睛地凝視我。

我用肚子用力，正面迎視他的視線。

這裡，可得撐住堅持下去才行。

首先移開視線的，是雲月。他啜飲了咖啡。

「你，可是拜託了佛雕師，雕刻佛像囉。」

「是的。」

我瞭解這一點。

「我，是專業佛雕師。」

「是的。」

所以，是怎樣？

「委託專業人士工作得花錢。這點道理，應該懂吧。」

「……」

「有嗎？錢。」

我從紙袋拿出一個印有都市銀行標誌的小紙袋，輕輕遞到雲月面前。儘管只有一點點，自己的手卻在顫抖，實在窩囊。

「你這傢伙賺的錢？」

「是的。這是在攝影賽優勝獲得的全額獎金。」

雲月聽到這裡挑起左眉，「喔」的一聲流露意外。

「我用去年夏天在這個村子裡拍下來的照片參賽，結果得獎了。所以想說，希望利用那獎金盡可能回饋『竹屋』。」

「贏了多少？」

「十萬圓。」

結果，雲月咯咯咯地壓抑聲音，一邊笑了出來。

「喂，夜叉，怎麼辦吶。這傢伙實在是貨真價實的笨蛋耶。」

雲月對那隻在盤腿正中央縮成一團的黑貓說。黑貓已經閉上雙眼，尾巴卻咚咚咚地拍了幾下，以示回應。

「聽好了，想要委託我雕佛像，還少一個或兩個零呢。」

「欸……」

「地藏菩薩的話，我呢，非一木雕不做。相對的，價格也會高蠻多的。」

一木雕……地藏先生之前告訴過我們。是從一根原木雕出完整的一尊佛像，非常沒效率的做法。

「怎麼辦啊，大哥。錢不夠喔。」

雲月咧嘴一笑。他是在測試我。

安奶奶的臉龐、地藏先生的臉龐、拓也與小瞳的臉龐，還有夏美的臉龐，依序在腦海中一一浮現。

「不夠的部分……請您讓我在闖出名號後再補給您。」

雲月「噗嗤」笑出聲來，發自丹田的笑聲。
強烈的懊惱襲上心頭，我不知不覺瞪視雲月。
那麼笑了好一會兒後，雲月幡然正色。然後，回瞪正瞪著他的我。
一臉凶相。我想起就在旁邊的仁王。
「你這傢伙，真能闖出名號？」
「欸？」
「問你能不能，闖出名號啦。」
「……」
那是彷彿會將人射穿的如炬目光。
我不禁嚥了口口水。
我，能不能闖出名號呢……
就那麼一次，在雜誌業餘組獲獎的我，能否成為被尊稱為「老師」的攝影家呢？
我試著坦率審視自我，放眼將來。
「我還不清楚，自己的才華可以達到什麼地步……」
我老實回答。

「不是那個。我問的呢，是你有沒有在闖出名號之前，死都不放棄的覺悟。」

「……」

雲月雙臂環抱胸前。

「所謂的才華，就是覺悟。」

「覺悟……」

「不論多靈巧的人呢，一旦在完成前放棄，那傢伙就等於是個沒才華的人。可是呢，一開始就玩真的下定決心，懷抱賭上生命的覺悟，拚死竭盡所能、一路奮戰直到完成的傢伙，事後可是會被稱為天才呢。」

雲月咧嘴一笑。

「你啊，有那種覺悟嗎？」

黑貓突然睜開雙眼，正面凝視我。感覺上，似乎正被雲月與夜叉兩個一起質問我的人生。

柴燒暖爐中，喀通……一聲，傳出柴火崩落的聲音。

我的腦海中，凜……一聲，那個風鈴響起。

「有。我會有所覺悟。」

我的肚子猛然使勁，一邊這麼說。

「真的喔。」

「是的。」

「那，錢的問題就解決了。」

「欸……」

我目瞪口呆地望著雲月。

「那什麼臉啊。」

「啊，不是啦。謝謝您。」

「笨小子，現在道謝還太早。」

「欸，可是……」

「還有個大問題呢。」

「大問題……嗎？」

「聽好了，我雕的是木雕像，如果是以地藏先生為藍本，會用最高級的檜木心材。就算是這樣，要是暴露在雨中，不久後也會腐壞。明白嗎？」

「明白。」

「所以需要一個讓地藏菩薩遮風避雨的神龕。」
「神龕……」
「對，就像是祭祀神佛的小房子。」
「喔……」
「你來做。」
「欸？」
「我說你來做啦。」
雲月重複道。
「我，來做……神龕？」
「竹屋的別屋，是你整修的吧？」
「欸？嗯……是。」
「既然如此，那種東西應該做得起來。你要是不做，我就不接這個工作。」
雲月啜飲已經冷掉的黑咖啡。
「做，我做。」
「是嘛。這樣的話……」雲月將杯子放到地板，用同樣一隻手將裝著十萬圓銀行信封推向我這邊。「這錢，轉作神龕的製作費用。我就以訂金零圓、闖出名號再付清的付款方式，接下這工作了。你啊，既然要做神龕，就得做出完美的東西來喔。我也會用這雙手，讓地藏先生復活的。」

雲月又咧嘴一笑。

但是，這次的笑法倒不壞。既不是在測試我，也不是瞧不起我，是種沒有絲毫挖苦，總覺得像個和善大哥哥的笑法。

對那笑容自然有所反應的我，只是開心地直說：「謝謝。」然後，我才正覺得奇怪，眼前雲月的身影已經開始朦朧搖動。原來是我的雙眼，早已噙著斗大淚珠。

雖然真的好懊惱，雖然覺得絕對只有今天而已，但是這個不討人喜歡的男人，真是個瀟灑又帥氣的佛雕師啊。

回去時……

我才剛踏出玄關，就被雲月叫住。

「喂。」

我回頭。

「為了讓你闖出名號，有能力付錢呢，教你一件好事吧。」

「啊，是……」

雲月此時似乎有點不好意思地面部朝下，窸窸窣窣地搔弄蓬亂頭髮。

「我只說一次喔。」

「是。」

「神祇寓於細節。所以，即便細微如塵也切勿做出絲毫妥協……」

「……」

「就這樣。」

「是……」

「明白了，就回去吧。」

這個靦腆的佛雕師像在趕什麼流浪狗似的，噓噓噓地揮舞右手。

而黑貓也在他的腳邊「喵」一聲。

我點頭致意，轉身朝冬季枯萎森林中那唯一的小徑走去。

沐浴在帶有泥土氣息的冷風中，仰望呈現紫花地丁色的天空，發現最先出現的星斗正閃耀著光芒。

我不禁邁出比平常還要大的步伐。

一邊望著那顆最先出現的星星，這麼想。

不久後再來拜訪「雲月庵」吧。

屆時，帶上牛奶與砂糖吧。

第六章

河合夏美之「命」

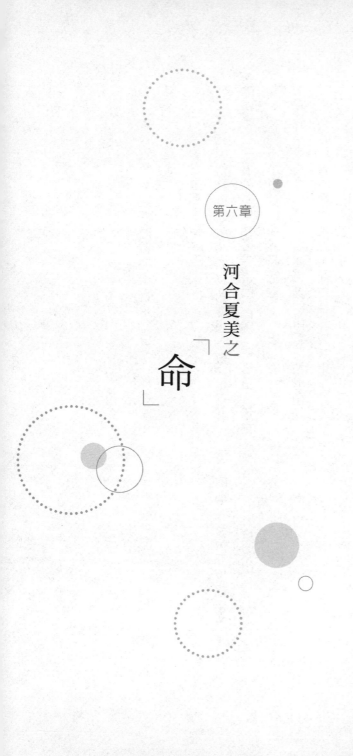

慎吾順暢地開著剛買的中古車SUBARU「Legacy Touring Wagon」，將車滑進「竹屋」前的空地。

「哇，完全都沒變耶……」

坐在副駕駛座的我感觸良多地說，慎吾也點頭：「真的耶。」接著拉起手煞車。他隨後用右手窸窸窣窣地搔弄下巴短鬚。這是這一年來，慎吾開心時就會出現的習慣。

我們下了車，站在碎石空地上。

我環視周遭一圈，看起來真的跟當時沒有兩樣。

一陣舒服的颯爽秋風，從竹林那邊吹來。

這風的氣息……

心情變得有些感傷，嘴裡逸出小小的嘆息。

仰望晴朗萬分的傍晚天空，漫天飄浮著數也數不清的紅蜻蜓。

無意間往西邊天空一看，我不禁倒抽一口氣。美不勝收的魚鱗雲在眼前無限延展，一片片魚鱗看來都金光閃閃。

「慎吾，看。好壯觀的魚鱗雲。」

「哇，厲害。沒看過這種景象耶。來拍一張吧。」

慎吾打開後車廂，從相機袋中拿出最新機種的Canon。然後在機體裝設廣角鏡頭，拍下好幾張金色的魚鱗雲。

「拍下來的照片感覺很好呢……嗯，好了，走吧。」

「嗯。」

我們朝「竹屋」走去。

店鋪鐵門緊閉，角落隱約鏽蝕。那時候，總在屋簷下凜、凜發出怡人音色的風鈴也不見了。

失去居民的木造平房，這兩年看來殘破多了。

「地藏菩薩看來很有精神嘛。」

「對啊。」

那時候，慎吾拚命做出來的小小神龕，還有裡面那尊栩栩如生的地藏菩薩……木材顏色有些發黑，增添了歲月的痕跡，但是那感覺上就是所謂的「味道」，與日本山村的秋天風情融為一體。

我緩緩蹲下，睽違已久再次面對地藏先生。

「話說回來，這尊地藏菩薩實在像極了地藏先生呢。」

「真的耶。慎吾、夏美，你們來啦……看起來好像隨時都會開口這麼說耶。」

我想起地藏先生當初沐浴在河風中，笑吟吟的面容。

神龕前放著裝水的牛奶瓶，瓶中只插著兩支莖很長的蒲公英。不論哪一支，以蒲公英的標準而言都是很大朵的漂亮花兒，每當秋風拂來，頭部就會隨之顫抖。

「慎吾，不覺得這一定是拓也跟小瞳一人供奉一朵的嗎？」

「嗯，應該是吧。花還很新鮮，搞不好是今天才供奉的呢。」

「是吧……一定是今天才供奉的吧。」

拓也與小瞳他們，之後好嗎？想想，拓也也已經國中一年級，而小瞳則是小學四年級了。時光飛逝，速度快到甚至讓人苦澀不已。

時間呢、人心呢，還是回憶呢……雖然眼睛看不到，然而確實是有什麼是存在的。那些「什麼」，不論用多堅實的鎖，都無法牢牢鎖住。那些眼睛看不到的什麼，如果不用自己的心眼，是看不到、摸不著，無法掌控的。我們也只能憑藉自己內心所謂「念想」的力量，依偎著這世上雙眼看不到的那些珍貴的「什麼」，一邊活下去吧。

「那麼，我來刷刷地藏菩薩，夏美來供奉酒跟花吧。」

「嗯。」

慎吾拿著乾棕刷，開始刷起雲月先生傾注渾身心力的作品。我則從車裡，將慎吾老家釀造的杯裝酒與鮮花拿來，輕輕供奉在神龕裡。

「地藏菩薩，沒有想像中的髒耶。」

「是吧，我一看到的時候也是這麼想的。」

「是因為我做的神龕很讚吧。」

慎吾自己說著就笑了。

「會不會是有人幫忙清潔呢？」

「你說的有人，是誰啊？」

「還會有誰啊。」

肯定是那個佛雕師。

「也是。不知道，雲月先生好不好……」慎吾只在瞬間流露遙遠的眼神，隨即惡作劇似地咧嘴一笑。「唉，既然是那個大叔，肯定很好吧。現在這時候，一定在工坊裡打噴嚏呢。」他感覺愉悅地說。

「那張惡狠狠的臉，要是真打噴嚏就好笑了耶。」

我們兩人想像雲月先生打噴嚏的樣子，咯咯發笑。

慎吾將地藏菩薩大致刷過一遍後，我們一起雙手合十、誠心祭拜。一閉上雙眼，似乎就能聽見地藏先生最愛的那個風鈴音色。

我在心裡，向地藏先生報告近況。

託您的福，慎吾總算能靠著當攝影師生活囉。雖然才剛起步，也還不是大師，但是每天都奔波於各式各樣的拍攝現場，拚了命地在攝影喔。這也全都是託地藏先生的福。謝謝您喔……

還有啊，我自己也有很大的變化降臨呢。我今天想針對那個變化，做出一個了結。雖然心裡有點小鹿亂撞，但是要幫我引導到好的方向去喔，地藏先生……

我張開雙眼，凝視地藏菩薩。

木雕的地藏先生，彷彿正笑著對我說：「不要緊的。一定會很順利的喔。」

這座神龕剛做好那時候……慎吾拍下了拓也與小瞳向地藏菩薩供奉蒲公英的照片。

後來就以那張照片，作為大學畢業專題製作的作品。作品題目叫做「回憶」。那是張傍晚時拍下的照片，蹲著的拓也與小瞳腳邊有道長長的影子，延伸至田間道路。孩子的面頰被夕陽染成一片橘紅，神龕頂部由於雨剛停一片濕淋淋的，佈滿閃閃發光的水珠。即便是外行人的我看來，也是一張能深深打動人心的好照片。

說到結果呢，那張照片很可惜地與「首席」的頭銜擦身而過，不過卻奪下了「準首席」，相羽慎吾這個名字也因此在國際藝術大學攝影學系的歷史上留名。

然而，慎吾卻笑說一旦嘗試投身專業世界，那種頭銜卻完全派不上用場。頂多只能說是寫在給新客戶看的履歷上，不會吃虧而已……據說功能僅止於此。

在專業的世界中，以專業身份活動的成果才是一切。

「好了。順利拜完地藏菩薩囉。」

雙手合十默禱的慎吾，抬起臉龐。

「慎吾，有沒有求些什麼？」

「沒有，就報告近況。夏美呢？」

我說著「祕密」，衝著他一笑。現在還是祕密呀。

「欸～一說是祕密，反而更想知道了啊。」

「你就這麼想知道？」
「嗯。」
「不過，是祕密。」
現在還是，祕密喔……
我們接著往村郊走去。
跟之前不知道什麼時候一樣，成群的紅蜻蜓漫天飛舞於廣闊天空，所以我試著握住慎吾的手。
慎吾也隨之俯視我，露出有些害臊地微笑後，抓著我的手開始大幅擺動，一邊邁開步伐。
「啊，你還記得耶。」
「當然啦。」
「那，我有問題。」
「欸？」
「蜻蜓的幸福是？」

「蜻蜓的幸福啊……」

慎吾仰望被紅蜻蜓填滿的晚霞天空，大步向前同時回答。

「光是在天空飛舞，就是幸福。」

「對，正確答案。」

我也一起仰望天空。

光是在天空飛舞就是幸福……當時，的確認為那就是幸福的正確答案。但是，現在的解釋有些不同了。不能說光是飛舞就是幸福，事實上，是因為與誰一起飛舞才幸福，一定是這樣的。

如果此時此刻慎吾不在身旁，只剩下我一個人的話，我一定無法品嚐到這種幸福感吧。

走到村郊，地形變成有些高度的山丘斜坡。

沿著斜坡往上延伸的階梯，是以細圓木擋土製成。階梯寬度狹窄，所以我跟在慎吾身後。

才剛步上階梯，就能聞到一股焚香的氣味飄來。

村裡人家的墓地都位於這片視野良好的坡地上。
福井家的墓地在墓園最上方右側。那個墓地前，也放著讓人莞爾一笑的東西。
插在牛奶瓶裡的兩支蒲公英。
「還是拓也與小瞳吧。」
「對啊，一定是的。」
「他們，都記得忌日嗎？」
「難說耶。說不定，是跟雲月先生或誰一起來掃墓的喔。」
「啊，那也有可能呢。」
有兩隻紅蜻蜓並排停駐在福井家的墓碑上。總覺得，看來就像拓也與小瞳。
今天是安奶奶去世後的第二年忌日。
安奶奶在地藏先生去世後，眼見著身形日益嬌小，隔年的今天便安然與世長辭。
第一個發現的人是雲月先生。他上午順道去「竹屋」晃晃時，看到安奶奶躺在起居室。雲月先生從收銀後方對她的背部出聲，看她不回答覺得奇怪，於是步上起居室。然後才發現，安奶奶已經去世了。
「我發現的時候，還剩一點點體溫。」

雲月在喪禮上這麼說。

安奶奶好像是拿折成一半的座墊當枕頭，側躺著午睡，然後就那麼因為衰老，安詳地壽終正寢。

孤獨死……我也不知道該不該套上這樣的詞彙。但是事實上，安奶奶的遺容同樣很安詳。曾幾何時，安奶奶說過能好好照顧兒子，也能與孫子感情變好，此生已經沒有遺憾，那或許是真心話吧。

「這附近好多蟋蟀耶。」

慎吾點燃帶來的香，一邊說。

「嗯，三百六十度都是情歌大合唱呢。」

我們靜靜在墓前供上鮮花。

慎吾將點燃的那把香分我一半。

我們兩人依序把香供好後，肩並肩雙手合十，祈求安奶奶與地藏先生在天之靈能夠安息。

我先張開雙眼，仰望身旁的慎吾側臉。低頭閉眼，合掌祭拜的慎吾，面頰被晚霞映照成檸檬黃，好像一幅別有風情的畫。要是我有才華，說不定就拍下來了。

好。

得在慎吾睜開眼睛之前說。

我深深吸進一口山村清澈的空氣，然後開口。

「閉著眼睛聽我說喔，慎吾。」

聲音有些顫抖。

「欸？」

聽到我這突然其來的要求，慎吾不由得睜開雙眼，臉轉向了我這邊。他的雙手依然合十。

「不行。再把眼睛閉起來……」

我以真摯的聲音這麼說，慎吾隨即照做。

「什麼事啊。怎麼啦？」

「慎吾，我剛剛說的祕密……想聽嗎？」

「欸……唔，那，想聽是想聽啦。」

「那你可以答應我，聽了以後不討厭我嗎？」

咦？不該說出這種企圖博取同情的台詞來啊……

慎吾又張開雙眼，看向這裡。

「夏美……」

「不行啦，眼睛閉好。」

「可是我……」

「不～行。」

慎吾頂著一張稍顯不安的臉龐，再次閉上雙眼。

我的心臟已經像是被什麼人猛力按壓一般，狂亂跳動。心臟跳得這麼厲害，我體內

「另一顆小小的心臟」不會壞掉吧，我這麼想，於是又深呼吸。

我接著使勁將心意注入子宮，這麼說出了口。

「我呢，懷上寶寶了……」

「欸？」

慎吾又張開眼睛，看向我這邊。

「夏、夏美……真的？」

我頷首。

「什麼時候，知道的？」

「大概兩週前。」

「欸！這麼早就知道囉……」

慎吾吐出一口非比尋常的深沉嘆息。

那兩隻在墓碑上的紅蜻蜓，翩然飛向檸檬黃的向晚天空。

「……妳喔。為什麼都瞞著不說呢？」

「可是我……」

一直都很害怕嘛。只是因為，莫名地就是害怕嘛。

「啊，原來喔……」

「欸？」

「難怪，我之前才在想夏美最近怎麼都不騎摩托車了。」

「……」

「原來是這麼一回事啊。」

慎吾說到這裡，表情突然放鬆。

染上晚霞色彩的臉龐，一如往常地笑著。

「夏美。」

「……嗯？」

「其實啊，我也有瞞著夏美的祕密就是了。」

「欸……」

「想知道嗎？」

「…………」

我呆若木雞，老實點頭。

「那妳可以答應我，聽我說了以後絕對不討厭我嗎？」

我笑著頷首。

慎吾也有點開心地瞇起雙眼。

「其實呢，我對夏美啊……」

「嗯……」

「有件事想拜託一下。」

「想拜託，的事……？」

「嗯。這是我這輩子最大的心願。」

慎吾說到這裡，「呼」地嘆口氣，展露前所未有的認真眼神。那雙唇，浮現簡直像地藏先生生前那種沉穩笑意。

然後，那雙唇開啟。

「夏美……妳願意給我第三個喜悅嗎？」

「……」

第三個，喜悅……與伴侶一起看到孩子幸福的喜悅。

給我，

那個喜悅？

秋風起，我的髮絲隨之輕快舞動。

直到方才，都還那麼激烈的心跳，一回神已經恢復平常節奏。相對的，心臟卻暖呼呼地直發燙。

啊～所謂的「心」，果然是在心臟吧……我思考著這些事。

「咦？夏美……妳不願意嗎？」

慎吾的眉毛垂成八字形，面露困惑。

一見他那張臉，我莫名地慢慢覺得好笑，最後忍不住「噗嗤」一聲笑出來。

但是，淚水也在笑出聲的同時湧出，所以根本搞不清楚自己是在哭、還是在笑。就連自己從喉嚨逸出的聲音，聽來也是既像在笑、也像在哭，無法正確歸類，但是我有一點非常確定。

我很幸福……

我彷彿被一股隱形的力量牽引，將額頭一靠到慎吾胸口，隨即就被一把緊緊抱住。從這裡開始，我已經沒有在笑。只是，很單純地開心哭泣。

同時，邊哭邊吐出話語。

吐出絕對是人生中最美好的那兩個字。

「謝…謝……」

這是我對慎吾的求婚的回答。

「呼。」慎吾發出鬆了口氣的嘆息後呢喃：「太好了……」

「比起一開始要找夏美說話，送照片光碟片那時候，心跳得更快呢……」

「啊哈哈……」

我又邊哭邊笑了起來。

由於邊哭邊笑而半張的雙唇，隨即被慎吾的唇堵住。

在墓前接吻也太不莊重了，雖然這麼想，我的雙臂仍勾住慎吾的脖子。

三百六十度環繞音效都是成群蟋蟀的大合唱……

雖然是有些任性的自我解讀，但是那聽起來也像昆蟲的熱烈祝福之歌。

那一吻結束後，我總覺得有些不好意思地低著頭。結果，發現墓碑旁就有野生的蒲公英。

「看吶，慎吾，蒲公英。」

「啊，真的耶。」

那裡的蒲公英已經不是花朵，而是毛絨絨的絨絮球了。慎吾蹲下身從莖部摘下，露出惡作劇似的笑容說。

「那麼，婚約成立、可喜可賀。事不宜遲，我希望我們兩個人一起來做第一個共同作業。」

慎吾起身後，將臉湊到我的臉旁邊。然後，將蒲公英的絨絮，舉到兩個人的嘴巴前方。從位於高地的墓園俯視坡面，可以看見小小的山村完全沐浴在晚霞中，呈現美麗的焦茶色。

「要吹囉。」

「嗯。」

「預備～吹。」

呼～

絨絮輕飄飄地乘著秋風四處飛散，隨後飛向散發著檸檬黃光芒的魚鱗雲那邊去。

絨絮中也有些沒被風吹散，交纏在一起，一邊越飛越遠。

如果能那麼持續一起飛翔，降落到相同的地面，肩併肩一起成長茁壯，互相展示綻放出的可愛花朵，然後直到死亡之前都靠彼此最近、依偎著彼此，最後又再次讓許許多多的種子一起在天空飛舞就好了……

「夏美。」

「嗯？」

「等我們的寶寶，出生以後啊……」

「嗯。」

我將手輕輕放在新生命正在萌芽的下腹部。

「一定要對孩子說喔。」

只需隻字片語，我們就已經心意相通。

我緩緩點頭。

「嗯。一而再、再而三地說給孩子聽吧。」

出生來當我們的孩子，真的很謝謝喔……

終章

榊山雲月之「凜」

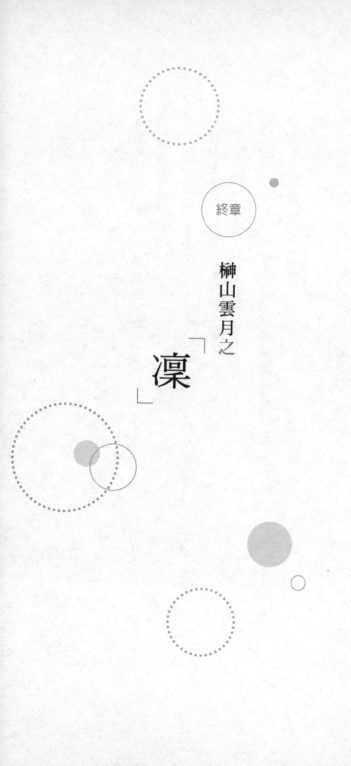

工坊敞開的窗戶外，盈滿讓人聯想到新鮮檸檬的色澤。以前好像未曾見識過的絕美魚鱗雲，在秋季的天空無垠延伸。

雲月停下工作的雙手，定定凝視那片天空，沒想到卻突然打了一個大噴嚏。

拓也與小瞳拿著雕刻刀與碎材，開心地哈哈大笑。

「哪有這麼好笑啊。」

被笑的雲月，有些害臊地窸窸窣窣地輕搔蓬亂頭髮。

清朗的秋風從窗戶吹進來。

凜、凜……

形狀猶如倒掛的螢袋花朵的風鈴，隨之奏出澄澈音色。

這風鈴的音色，讓雲月不禁瞇起雙眼。

他昨天夜裡才勤奮地塗上除鏽劑、埋頭苦擦，將風鈴擦得亮晶晶的。

「我問你喔，叔叔。」

正努力想雕出一個大碗的拓也，仰望風鈴。

「怎樣。」
「那個風鈴，是以前在竹屋的風鈴吧。除鏽擦乾淨以後，要怎麼處理？」
拓也身邊忙著在木板上雕出貓兒面容的小瞳也仰望雲月。
「要掛到地藏菩薩的神龕去。地藏先生以前最愛這個風鈴了。」
「喔，這個點子很Nice嘛。」
拓也道出符合時下國中生風格的台詞。
「Nice嗎？」
「嗯，很Nice喔，這個點子。」
「我也贊成。」
「這樣。那就好。」
孩子成長的速度真的好快。
每天看著孩子展現不同表情，雲月覺得面頰也隨之放鬆。
「那個，夜叉到哪裡去了啊？沒有範本，都雕不好啦。」
小瞳看著自己的作品，嘟起嘴。
夜叉不擅長應付孩子。這兩個回去之前，恐怕都會待在外頭，不肯回來吧。儘管如此，老實告訴孩子這件事也太殘忍，雲月於是想隨便說些什麼敷衍過去。

「雕得不好也沒關係。雕刻，開心就好。」

「所以說啦，雕得不好就不開心了嘛。」

臭屁的拓也插了嘴。

敗給他了耶……

但是，拓也的意見也是言之成理。即便是專業佛雕師的自己，雕不好的時候也會煩躁焦慮。

真是的，對小鬼實在沒轍。

雲月情不自禁地搔起了後腦杓。

凜……

風鈴再次響起。

「啊，蒲公英的絨絮。」

小瞳突然這麼說，然後起身。

仔細一看，兩根絨絮交纏在一起，輕飄飄地在工坊中飛舞。

大概是乘著西側窗戶的風飄進來的吧。

小瞳想要抓住那絨絮，拚命向天花板伸長了手。但是，上半身身長還是差那麼一點點，搆不著。

絨絮緩緩朝東側移動。

小瞳追著絨絮，也逐漸接近東側窗戶。

凜……

風鈴一響，絨絮彷彿被捲入看不見的漩渦中，在空中一個旋轉後咻地直接從東側窗戶飛出去。

「唉～呦，抓不到。」

小瞳似乎很懊惱地望向窗外。

雲月突然想起懷念的臉龐。

慎吾與夏美。

那個夏天，那兩人意外的出現，讓地藏先生與安奶奶原本黯淡沉悶的生命，啪地頓時開始閃耀光輝。是他們施放的煙火，讓之前始終單調、缺乏刺激，總感覺無趣的「竹屋」的日常生活，在那極短暫的瞬間散發光彩。沒想到在那餘輝映射下，受到影響而動起來的，不是別人竟是雲月本人。

雲月雖然長期投身佛雕師工作，那尊地藏菩薩還是他頭一次承接拿不到半毛錢的工作委託。而且，他也沒料到那工作到頭來竟然會成為自己的最高傑作……

今天是「竹屋」奶奶的忌日。

雲月上午就帶著拓也與小瞳，祭拜完了地藏菩薩與墓地。

如果，那兩個年輕人沒忘記今天的忌日前來掃墓的話……這麼一想，眼前似乎浮現地藏先生與安奶奶在那個世界的開心臉龐。

凜、凜……

沁入人心的好聲音。

雲月凝視手中的小木雕像。

小瞳似乎放棄絨絮了，從窗邊回到這裡。

「叔叔，在雕什麼啊？」

「是地藏菩薩耶。」

被雕成手持短杖而非錫杖。換言之，是模仿那位地藏先生所雕刻出的地藏菩薩的迷你版。而且，這又是賺不了錢的工作。

「喔～」

「你們知道地藏菩薩是什麼菩薩嗎？」

小瞳搖頭，拓也也從正在雕刻的碎材抬起頭，以興趣盎然的雙眼看著雲月。

「地藏菩薩呢，會從立場最弱勢的人開始救起，是慈悲為懷的菩薩。所以，會最優先守護孩子。」

「欸～以前都不知道耶。」

「小瞳也不知道喔。」

「要好好珍惜竹屋前的地藏菩薩喔。」

兄妹「嗯」地齊聲回應，接著又開始雕刻起自己的木材。

沙喀、沙喀、沙喀……

雕刻刀擦過木材的聲音，迴盪在安靜的工坊中。

風鈴偶爾凜地響起。

雲月將自己與地藏先生生前的回憶，一刀、一刀地透過雕刻刀，刻進這尊小地藏菩薩中。既然是以這樣的心情雕刻，這世上應該再也找不到這麼溫柔的佛像了吧……雲月懷抱著小小的確信。

「我問你喔。」

小瞳再次出聲叫喚。

「怎樣。」

「為什麼，要做這麼小的地藏菩薩呢？」

雲月窸窸窣窣地搔弄蓬亂頭髮。好半晌才開口。

「這是禮物。所以小小的。」

「誰的禮物？」

「你們不認識的孩子。」

要送給我那個分開生活的兒子喔。

當作守護地藏……

凜……

一望向懸掛風鈴的窗戶，外面曾幾何時已經轉為火燒般的晚霞。

「喂，今天到此為止囉。太陽快下山了。」雲月對孩子出聲。「我們把這風鈴，拿去還給竹屋的地藏菩薩吧。外面的晚霞有夠厲害的耶。」

「嗯。」

小瞳站起來。

「叔叔，明天也可以過來雕嗎？」

拓也說。

「唔，隨時都能過來，雕到高興再走。」

「Lucky～！」

三人放下雕刻刀，離開工坊。

他們在玄關穿鞋，一步出室外，拓也與小瞳仰望滿天彩霞，隨即發出歡呼聲。然後直奔向那條唯一的林間小徑。

孩子的背影越來越小。

雲月緩緩邁出步伐，一邊搖動手中的風鈴。

凜、凜……

澄澈的音色，滲透進開始逐漸染上色彩的秋天森林。

「叔～叔，快啊！」

小瞳在轉彎處揮手。

「喔，你們先走。」

孩子的身影消失在視線之中。

雲月發出小小的嘆息。那是輕快、舒服的嘆息。

他將風鈴舉至面前再次搖動，一邊沒有針對特定對象地呢喃。

這種人生呢，唉，也不賴呀……

凜……

後記

這個故事是虛構的。

但是書中描繪的舞台「竹屋」，有間作為參考雛形的實際店家。那家店也有對母子，是安奶奶與地藏先生的參考雛形。當然，真實人物與故事中所描繪的個性有很大出入就是了。

我成長於千葉縣船橋市，大概高一那時考到摩托車駕照，後來利用超商與當配送助手的打工存零用錢，買了一台250C.C.的摩托車。那當然是台二手車，不過總算是歡天喜地地實現了「高中生騎士」的夢想。只是，不論是考駕照、打工，全都違反校規就是了（笑）。

那台摩托車到手的瞬間，我的人生幡然改變。

因為，我的世界一下子變得開闊了。

「我現在只要有汽油，哪裡都能去。」

我至今都還清楚記得，當時所懷抱的就是這種感覺，廉價、青澀，但是也有些真摯的熱血沸騰之感。對於高中生而言，那心情真的就像得到了一對「翅膀」吧。

話說後來呢，我就經常蹺課，騎著摩托車在可以當天來回的房總半島到處跑。當時玩衝浪的我很喜歡大海，所以常沿著房總感覺很鄉下的海邊繞來繞去，探訪便宜又好吃的拉麵店、蕎麥麵店、釜鍋飯店家，在空無一人的海岸穿著一件內褲就直接跳入大海，獨自在蔚藍的太平洋中載浮載沉地任意漂蕩，一邊像這樣發牢騷：「啊啊，人生會順利嗎……」

我的青春時代發生過好多光明、開心、正面的事。但是我覺得，負面能量幾乎與那種光明分庭抗禮的陰鬱之「影」，同時棲息在我的內心。很多時候，整顆心都被那看不清形貌的「影」完全吞噬，連身體都好像難以自由活動……

那種時候，我大多會騎上摩托車。

我想，或許是不自覺想要逃離自己所在之處的「倦怠空氣」吧。然而，只要騎摩托車兜風，就一定會變得神清氣爽嗎？當然，這世上也沒有這麼便宜的事。儘管如此，我還是覺得比起不出去兜兜風好多了。特別是，我總能從南房總的海風中，感受到「療癒力」。

總之，經由那些事而摸熟房總沿岸的我，在不久升上大學後，開始將足跡延伸至山區。房總的山區，還不像海洋一樣那麼觀光化，所以我也開拓了幾個獨創的「祕密的河川遊樂訣竅」。

那一天，我也騎著摩托車奔馳於房總的深山中，突然間想上廁所……就像這個故事一樣，衝進了一家小店。

那就是我與「竹屋」雛形店家的相遇。

此後，我就常到那家店鋪露面，與爺爺、奶奶交情日益深厚。實際上，我還請他們讓我去挖後山的竹筍，請爺爺指導我祕密的河川玩樂訣竅。另外也曾一起烤肉。

我們彼此的交流直到我大學畢業、成為編輯，辭職後成為自由撰稿人，成為作家後都還持續著。

然而，我在某個冬日暌違已久再次順道探訪那家店時，發現奶奶整個人小了一圈甚至兩圈。

「我兒子呀，竟然比我先死啦……」

奶奶難掩落寞，淚眼汪汪地這麼說。我在放著爺爺遺照的佛壇上香，隱忍著淚水一邊雙手合十。

變成獨居的奶奶，還是靜靜地持續開店做生意。

我後來工作越來越忙，不能再像以前一樣常到店裡露面，但是一年還是會去見奶奶幾次面，向爺爺上香。

之後，就在某年夏天……我在暢遊南房總後，開車想去探望奶奶，結果卻發現店裡空蕩蕩的。但是，店鋪內側住家有不認識的人在裡面。我說著：「打擾了。」走進店內，攔住裡面的一位男性，打聽奶奶的事。

「奶奶？二月那時候去世了。」

這麼告訴我的男性，是奶奶的親戚。聽說，因為那天正好是盂蘭盆節，所以親戚才會聚在一起。我說至少想上柱香，對方卻說：「這房子沒特別設佛壇喔。」我只好走到店外，在心底雙手合十。

在山間村落靜靜生活、靜靜死去的兩人，所營造出那種沁入人心的溫柔感覺。我就是想將那種感覺，封存於這個故事中。地藏先生，實際上並不存在。但是，我如今騎摩托車經過那家店時，總會感受到彷彿被地藏先生守護的某種暖意。

再寫一次，這個故事是虛構的。但是，唯有那貫穿故事的溫柔氛圍，與去世的爺爺與奶奶生前散發出的氣息相同。

人生就只是一連串的邂逅與離別。既然如此，為了讓離別能寂寞得淋漓盡致，我今後想與邂逅的每個人更親密相處；為此，也希望隨時想著總有一天必定降臨的離別時刻，憐息自己與出現在眼前每個人之間的「當下瞬間」。

謝謝各位將本書閱讀完畢。

森澤明夫

解說

高倉優子（自由撰稿人）

森澤明夫老師可說是聲勢節節高昇。繼二〇〇九年付梓的《津輕百年食堂》被改編成電影後，今年也有著作被改編成電影。電影《不可思議的海角物語》的原著，就是他於二〇一一年發表的著作《守候彩虹的海岬咖啡屋》，據說對原著深深著迷的主演吉永小百合女士基於「想將如此柔和溫暖的故事，以電影的形式呈獻給觀眾」的心情，自企畫階段便積極投入，是她首度挑戰電影製片工作的力作。而且，該片也已確定角逐蒙特婁國際影展的國際競賽類項目。

我在聽聞這一連串的新聞時，覺得：「這簡直就像是灰姑娘的故事！」針對一位成熟大人，而且還是職業作家，使用「灰姑娘」這種說法或許失禮，但是這世界的小說多不勝數，其中能吸引滿懷熱情的電影人、打動他們的心，以「影像」的形式重生的著作可說萬中選一。基於這層意義，我才會將此與那個童話故事相互連結。

當然，那並不只是單純的幸運，大部分得歸功於他的作品所蘊含的「力量」。我大致閱讀過他至今的所有作品，每本書都仔細描繪出「平凡小人物」努力生活的樣子。而且就如同吉永女士所言，全都是「柔和溫暖」的作品。他的每部作品都各有特色，不論故事、人物又或梗概當然各不相同，但是其中的共通點就是全都在描寫「人與人之間的愛」。那是森澤明夫這位作家一以貫之、持續描寫的主題，而沉醉於他筆下那個充滿愛的世界觀的讀者中，正好包含了電影從業人員。

森澤老師歷經出版社的工作，於二〇〇六年出版非小說類文學《最後的武士－單眼冠軍武田幸三》。該作榮獲第十七屆「水野運動作家賞」優秀賞後，讓他順利在文壇出道。森澤老師的作品從當時開始，始終以縝密的資料收集採訪著稱。他的作法，並非保持一定的距離感，堅守所謂「採訪者」與「受訪者」的立場投入寫作，而是屬於衝入武田先生懷抱、挨近他，誘導出連本人都沒察覺的真心話，將之慢慢寫成文章的類型。這也與手稿或採訪內容有所不同，是一種「濃淡合宜地交雜主客觀的文章」。

我至今也以撰稿人的身份訪問過名人，深知訪問需要如何的高度。唯有確立自己本身這個「個體」，才有辦法引導出受訪者的魅力。真的是種極度要求「為人處世綜合能力」的工作。

此外，我想也是因為森澤老師本身對於「格鬥技」這個領域的造詣深厚，才能寫出那麼生動的文章來。

據說，他以小說家的身份出道以來，始終親身實踐「百訪寫一」的寫作方法，藉此從邂逅的人們生活樣貌與話語獲得靈感，持續產出一篇篇的故事。

順道一提的是，《守候彩虹的海岬咖啡屋》的場景——那個海角與咖啡廳實際存在於千葉房總，據說森澤老師與電影版中吉永小百合女士所扮演的咖啡廳老闆的角色雛形，交情深厚。當然，地點或人物等有參考雛形，故事卻是虛構的。話雖如此，隨著作品被改編成電影，取景地點肯定會變得更活絡熱鬧。真是個振興地方的絕佳方法呀。

好了，前言實在太長了，接下來我想談談本書《夏美的螢火蟲》。這本小說的單行本上市後，我隨即為文藝雜誌寫了一篇書評，如今仍清楚記得首度閱讀當時的情景。我抱著試印書稿走進咖啡廳，喝著咖啡一口氣從頭讀到尾，然後使勁不讓淚水滑落，努力深呼吸……當時這一連串的成套行動，猶如昨天才發生似地歷歷在目。

夏美騎的鮮紅色摩托車「本田 CBX400F」，在進入新綠閃耀的房總半島後，便開始奔馳在九彎十八拐的山路上。「大失策。我才二十二歲，搞不好會死在這裡啊……」坐在後座的慎吾後悔不已……

故事以這樣的描寫，為第一章揭開序幕，故事主人翁是就讀於藝術大學攝影學系的「未來的攝影師」慎吾，以及幼稚園教師夏美情侶檔。他們順道為了畢業製作專題攝影勘景而造訪千葉・房總的深山，在那裡展開了一段命運的邂逅。

因為他們為了借廁所，造訪一間老舊的雜貨店「竹屋」，在那裡結識八十四歲的安奶奶，與她行動不方便的兒子──六十四歲的惠三（地藏先生）。

「我說下個月啊，附近那條河，可以看到很多螢火蟲飛舞喔。那也很漂亮呢。」

聽到惠三這麼說，兩人於六月的週末舊地重遊。他們在那裡，目睹了無法在都市看到的神祕風景。

我們從橋頭旁的陡坡，一邊注意避免滑落地往下走。

一站到河灘上，又是截然不同的另一個世界。

我與夏美在一片幽暗中，被閃爍的綠光三百六十度包圍。清涼的河岸微風、怡人的潺潺流水聲，森林與河水清甜的氣息。

還有，舉目望去就是螢火蟲、螢火蟲、螢火蟲。

我的心早已被這個場景緊緊擄獲。我突然這麼思索：最後一次看螢火蟲，是什麼時候呢……明亮的城市中，不論四季都有燦爛的霓虹招牌取代了螢火蟲。鮮少有機會直接感受到每個季節。也因此，故事中那個重要的重點──吊鐘形花朵「螢袋」到底是什麼樣的花，我也渾然不知。從九州來到東京十幾年，我已經徹底變成了一個東京人，我對此深深反省之餘，也用網路試著查詢，發現是種非常美麗的野花。

後來，夏季期間住到安奶奶與惠三住家別屋的兩人，沉迷於惠三所指導的河川遊樂場景，也讓我回想起遙遠的暑假，滿心懷念。

在大自然懷抱中的山村生活，物質上雖不富裕，不論河川或群山皆是豐富的自然景致，人與人交情深厚，互助合作地生活。慎吾置身於這種豐富的環境中，與淳厚村民的交往日益緊密，慢慢察覺自己不該只專注於拍攝美麗風景，另外還有些照片是只有自己才拍得出來的。

一點一滴成長的慎吾&夏美的故事，同時交織著安奶奶與惠三逐漸明朗的過往。從小到大與父親素未謀面，後來由於某件悲傷的意外被迫與妻子、獨生子公英分隔兩地的惠三，有句話讓人印象深刻。

「我的名字『惠三』，據說是父親幫我取的呢。所以，這個名字可以說是父親的遺物。」

三個恩惠——出生到這個世界上的喜悅、被父母疼愛的喜悅、與伴侶一起看到孩子幸福的喜悅——基於這樣的含意而取的名字。故事形容，那真是素為謀面的父親所賦予的絕佳禮物。惠三也像效法父親一般，為兒子取了一個情義深重的名字。而那個名字一路牽引故事發展，逐漸導向結局。

本書的一大主題就是「親子之間的羈絆」。安奶奶與惠三自然不在話下，故事呈現了各種親子之間形形色色的愛。此外，我們在匆忙日常生活中很容易就會忽略對於親近人們的感謝，還有小小的奇蹟與喜悅，而這就是一個將那些感謝、奇蹟與喜悅慎重捧起的故事。

本書的單行本書腰上寫著「一閱讀，自然而然會想要與人手牽著手」，我在閱讀本書後也好想對自己周遭所有值得愛的人們說聲「謝謝」，也想返回自然生態豐富的父母現居故鄉。

作者在後記也曾提及，惠三與安奶奶據說有參考雛形。而且還像慎吾與夏美一樣，是森澤老師騎車兜風途中，借廁所相遇的，不是嗎。而且，河川遊樂也是根據他浪跡全國時所獲得的知識而寫下。所以，那麼閃閃發亮的筆觸也就不難理解了。

書中各角色也非常有魅力。特別是故事的關鍵人物，在序章與終章以主述者立場出現的佛雕師雲月最有魅力。他雖然一臉兇相、高傲自負，被村民敬而遠之，卻也是個掛念著孩子的父親，也是位才華洋溢的職人，同時也是惠三獨一無二的理解者。

夏美以「可愛」來形容他。

「可是他，事實上明明是個好人，只是有夠靦腆的，那種超級笨拙的地方，不是很像青春期的孩子嗎？」

一開始，對待外來者慎吾與夏美毫不留情面的他，慢慢接觸到兩人親和的個性，彼此距離一點一滴拉近的過程，也是值得一看之處。而且，他以「工作男人」的前輩身份，告訴正處於成長階段的慎吾的話語，實在打動人心。

「神祇寓於細節。所以，即便細微如塵也切勿做出絲毫妥協……」

這也是雲月承襲自師傅的話語，所以才會傳授給自己願意交心的慎吾。我在前文寫過本書的主題為「親子的羈絆」，或許也能換句話說，這故事描寫的是舊世代交接給新世代的「生命接棒」。

此外，為了讓即將閱讀的讀者有所期待，我先寫個小提示。那就是每當你以為「故事快結束了吧」，作者其實早已安排了好幾個小小的驚喜等著你。這對於著迷投入故事世界的讀者而言，不知道該說是開心的「附贈禮」嘛，還是「思慮周到的精湛演出」，總之讓我對森澤明夫這位作家強烈的服務讀者精神，欽佩不已。

最後，想與森澤老師的書迷們再分享一個他個人的小故事。我以前撰寫書評時，承蒙森澤老師周到地撰寫電子郵件，來向我說「謝謝」。我當時大吃一驚，覺得怎麼會有這麼平易近人的作家，誠惶誠恐之餘也寫了回信；但是，不久後發生了東日本大地震，為此而完全消沉的我，有很長一段時間就沒再保持聯繫。

在此情況下，這次竟獲得為本書文庫本撰寫解說的機會，我自顧自地覺得彼此還真是有緣。所以，我想今後也會持續追蹤森澤老師的每部作品。

我個人覺得，但願這部作品能被改編成電影。這不但是其他小說完全難以望其項背的「柔和溫暖」故事，而且我自己也早已決定好演出慎吾、夏美或雲月等人的卡司了（腦海中）。

若哪天有機會見到森澤老師，希望能藉此話題炒熱氣氛、暢談一番。

※文中所述為日文版出版情況，部分書名為暫譯。

國家圖書館出版品預行編目資料

夏美的螢火蟲 / 森澤明夫作 ; 鄭曉蘭譯 .
-- 一版 . -- 臺北市 : 臺灣角川 , 2016.05
面 ; 公分 . -- (文學放映所 ; 85)

譯自 : 夏美のホタル
ISBN 978-986-473-100-8(平裝)

861.57 105004985

文學放映所085

夏美的螢火蟲

原書名＊夏美のホタル

作　　者＊森澤明夫
封面插畫＊Kusanagi Shinpei
譯　　者＊鄭曉蘭

2016年5月25日　一版第1刷發行

發 行 人＊成田聖
總 編 輯＊呂慧君
主　　編＊李維莉
資深設計指導＊黃珮君
美術設計＊邱靖婷
印　　務＊李明修（主任）、張加恩、黎宇凡、潘尚琪

發 行 所＊台灣角川股份有限公司
地　　址＊105 台北市光復北路11巷44號5樓
電　　話＊(02)2747-2433
傳　　真＊(02)2747-2558
網　　址＊http://www.kadokawa.com.tw
劃撥帳戶＊台灣角川股份有限公司
劃撥帳號＊19487412
製　　版＊尚騰印刷事業有限公司
I S B N ＊978-986-473-100-8

香港代理
香港角川有限公司
地　　址＊香港新界葵涌興芳路223號新都會廣場第2座17樓1701-02A室
電　　話＊(852)3653-2888

法律顧問＊寰瀛法律事務所